Three Works by Tacitus

THREE WORKS BY TACITUS
(Latin Text)

Agricola - Dialogus de Oratoribus - Germania

by

Tacitus
(c. 56 – c. 117 A.D.)

Republished 2016 by Cavalier Classics.

CONTENTS

Agricola 1

Dialogus de Oratoribus 41

Germania 91

AGRICOLA

[1]

Clarorum virorum facta moresque posteris tradere, antiquitus usitatum, ne nostris quidem temporibus quamquam incuriosa suorum aetas omisit, quotiens magna aliqua ac nobilis virtus vicit ac supergressa est vitium parvis magnisque civitatibus commune, ignorantiam recti et invidiam. Sed apud priores ut agere digna memoratu pronum magisque in aperto erat, ita celeberrimus quisque ingenio ad prodendam virtutis memoriam sine gratia aut ambitione bonae tantum conscientiae pretio ducebantur. Ac plerique suam ipsi vitam narrare fiduciam potius morum quam adrogantiam arbitrati sunt, nec id Rutilio et Scauro citra fidem aut obtrectationi fuit: adeo virtutes isdem temporibus optime aestimantur, quibus facillime gignuntur. At nunc narraturo mihi vitam defuncti hominis venia opus fuit, quam non petissem incusaturus: tam saeva et infesta virtutibus tempora.

[2]

Legimus, cum Aruleno Rustico Paetus Thrasea, Herennio Senecioni Priscus Helvidius laudati essent, capitale fuisse, neque in ipsos modo auctores, sed in libros quoque eorum saevitum, delegato triumviris ministerio ut monumenta clarissimorum ingeniorum in comitio ac foro urerentur. Scilicet illo igne vocem populi Romani et libertatem senatus et conscientiam generis humani aboleri arbitrabantur, expulsis insuper sapientiae professoribus atque omni bona arte in exilium acta, ne quid usquam honestum occurreret. Dedimus profecto grande patientiae documentum; et sicut vetus aetas vidit quid ultimum in libertate esset, ita nos quid in servitute, adempto per inquisitiones etiam loquendi audiendique commercio. Memoriam quoque ipsam cum voce perdidissemus, si tam in nostra potestate esset oblivisci quam tacere.

[3]

Nunc demum redit animus; et quamquam primo statim beatissimi saeculi ortu Nerva Caesar res olim dissociabilis miscuerit, principatum ac libertatem, augeatque cotidie felicitatem temporum Nerva Traianus, nec spem modo ac votum securitas publica, sed ipsius voti fiduciam ac robur adsumpserit, natura tamen infirmitatis humanae tardiora sunt remedia quam mala; et ut corpora nostra lente augescunt, cito extinguuntur, sic ingenia studiaque oppresseris facilius quam revocaveris: subit quippe etiam ipsius inertiae dulcedo, et invisa primo desidia postremo amatur. Quid, si per quindecim annos, grande mortalis aevi spatium, multi fortuitis casibus, promptissimus quisque saevitia principis interciderunt, pauci et, ut ita dixerim, non modo aliorum sed etiam nostri superstites sumus, exemptis e media vita tot annis, quibus iuvenes ad senectutem, senes prope ad ipsos exactae aetatis terminos per silentium venimus? Non tamen pigebit vel incondita ac rudi voce memoriam prioris servitutis ac testimonium praesentium bonorum composuisse. Hic interim liber honori Agricolae soceri mei destinatus, professione pietatis aut laudatus erit aut excusatus.

[4]

Gnaeus Iulius Agricola, vetere et inlustri Foroiuliensium colonia ortus, utrumque avum procuratorem Caesarum habuit, quae equestris nobilitas est. Pater illi Iulius Graecinus senatorii ordinis, studio eloquentiae sapientiaeque notus, iisque ipsis virtutibus iram Gai Caesaris meritus: namque Marcum Silanum accusare iussus et, quia abnuerat, interfectus est. Mater Iulia Procilla fuit, rarae castitatis. In huius sinu indulgentiaque educatus per omnem honestarum artium cultum pueritiam adulescentiamque transegit. Arcebat eum ab inlecebris peccantium praeter ipsius bonam integramque naturam, quod statim parvulus sedem ac magistram studiorum Massiliam habuit, locum Graeca comitate et provinciali parsimonia mixtum ac bene compositum. Memoria teneo solitum ipsum narrare se prima in iuventa studium philosophiae acrius, ultra quam concessum Romano ac senatori, hausisse, ni prudentia matris incensum ac flagrantem animum coercuisset. Scilicet sublime et erectum ingenium pulchritudinem ac speciem magnae excelsaeque gloriae vehementius quam caute adpetebat. Mox mitigavit ratio et aetas, retinuitque, quod est difficillimum, ex sapientia modum.

[5]

Prima castrorum rudimenta in Britannia Suetonio Paulino, diligenti ac moderato duci, adprobavit, electus quem contubernio aestimaret. Nec Agricola licenter, more iuvenum qui militiam in lasciviam vertunt, neque segniter ad voluptates et commeatus titulum tribunatus et inscitiam rettulit: sed noscere provinciam, nosci exercitui, discere a peritis, sequi optimos, nihil adpetere in iactationem, nihil ob formidinem recusare, simulque et anxius et intentus agere. Non sane alias exercitatior magisque in ambiguo Britannia fuit: trucidati veterani, incensae coloniae, intercepti exercitus; tum de salute, mox de victoria certavere. Quae cuncta etsi consiliis ductuque alterius agebantur, ac summa rerum et recuperatae provinciae gloria in ducem cessit, artem et usum et stimulos addidere iuveni, intravitque animum militaris gloriae cupido, ingrata temporibus quibus sinistra erga eminentis interpretatio nec minus periculum ex magna fama quam ex mala.

[6]

Hinc ad capessendos magistratus in urbem degressus Domitiam Decidianam, splendidis natalibus ortam, sibi iunxit; idque matrimonium ad maiora nitenti decus ac robur fuit. vixeruntque mira concordia, per mutuam caritatem et in vicem se anteponendo, nisi quod in bona uxore tanto maior laus, quanto in mala plus culpae est. Sors quaesturae provinciam Asiam, pro consule Salvium Titianum dedit, quorum neutro corruptus est, quamquam et provincia dives ac parata peccantibus, et pro consule in omnem aviditatem pronus quantalibet facilitate redempturus esset mutuam dissimulationem mali. Auctus est ibi filia, in subsidium simul ac solacium; nam filium ante sublatum brevi amisit. Mox inter quaesturam ac tribunatum plebis atque ipsum etiam tribunatus annum quiete et otio transiit, gnarus sub Nerone temporum, quibus inertia pro sapientia fuit. Idem praeturae tenor et silentium; nec enim iurisdictio obvenerat. Ludos et inania honoris medio rationis atque abundantiae duxit, uti longe a luxuria ita famae propior. Tum electus a Galba ad dona templorum recognoscenda diligentissima conquisitione effecit, ne cuius alterius sacrilegium res publica quam Neronis sensisset.

[7]

Sequens annus gravi vulnere animum domumque eius adflixit. Nam classis Othoniana licenter vaga dum Intimilium (Liguriae pars est) hostiliter populatur, matrem Agricolae in praediis suis interfecit, praediaque ipsa et magnam patrimonii partem diripuit, quae causa caedis fuerat. Igitur ad sollemnia pietatis profectus Agricola, nuntio adfectati a Vespasiano imperii deprehensus ac statim in partis transgressus est. Initia principatus ac statum urbis Mucianus regebat, iuvene admodum Domitiano et ex paterna fortuna tantum licentiam usurpante. Is missum ad dilectus agendos Agricolam integreque ac strenue versatum vicesimae legioni tarde ad sacramentum transgressae praeposuit, ubi decessor seditiose agere narrabatur: quippe legatis quoque consularibus nimia ac formidolosa erat, nec legatus praetorius ad cohibendum potens, incertum suo an militum ingenio. Ita successor simul et ultor electus rarissima moderatione maluit videri invenisse bonos quam fecisse.

[8]

Praeerat tunc Britanniae Vettius Bolanus, placidius quam feroci provincia dignum est. Temperavit Agricola vim suam ardoremque compescuit, ne incresceret, peritus obsequi eruditusque utilia honestis miscere. Brevi deinde Britannia consularem Petilium Cerialem accepit. Habuerunt virtutes spatium exemplorum, sed primo Cerialis labores modo et discrimina, mox et gloriam communicabat: saepe parti exercitus in experimentum, aliquando maioribus copiis ex eventu praefecit. Nec Agricola umquam in suam famam gestis exultavit; ad auctorem ac ducem ut minister fortunam referebat. Ita virtute in obsequendo, verecundia in praedicando extra invidiam nec extra gloriam erat.

[9]

Revertentem ab legatione legionis divus Vespasianus inter patricios adscivit; ac deinde provinciae Aquitaniae praeposuit, splendidae inprimis dignitatis administratione ac spe consulatus, cui destinarat. Credunt plerique militaribus ingeniis subtilitatem deesse, quia castrensis iurisdictio secura et obtusior ac plura manu agens calliditatem fori non exerceat: Agricola naturali prudentia, quamvis inter togatos, facile iusteque agebat. Iam vero tempora curarum remissionumque divisa: ubi conventus ac iudicia poscerent, gravis intentus, severus et saepius misericors: ubi officio satis factum, nulla ultra potestatis persona[; tristitiam et adrogantiam et avaritiam exuerat]. Nec illi, quod est rarissimum, aut facilitas auctoritatem aut severitas amorem deminuit. Integritatem atque abstinentiam in tanto viro referre iniuria virtutum fuerit. Ne famam quidem, cui saepe etiam boni indulgent, ostentanda virtute aut per artem quaesivit; procul ab aemulatione adversus collegas, procul a contentione adversus procuratores, et vincere inglorium et atteri sordidum arbitrabatur. Minus triennium in ea legatione detentus ac statim ad spem consulatus revocatus est, comitante opinione Britanniam ei provinciam dari, nullis in hoc ipsius sermonibus, sed quia par videbatur. Haud semper errat fama; aliquando et eligit. Consul egregiae tum spei filiam iuveni mihi despondit ac post consulatum collocavit, et statim Britaniae praepositus est, adiecto pontificatus sacerdotio.

[10]

Britanniae situm populosque multis scriptoribus memoratos non in comparationem curae ingeniive referam, sed quia tum primum perdomita est. Ita quae priores nondum comperta eloquentia percoluere, rerum fide tradentur. Britannia, insularum quas Romana notitia complectitur maxima, spatio ac caelo in orientem Germaniae, in occidentem Hispaniae obtenditur, Gallis in meridiem etiam inspicitur; septentrionalia eius, nullis contra terris, vasto atque aperto mari pulsantur. Formam totius Britanniae Livius veterum, Fabius Rusticus recentium eloquentissimi auctores oblongae scutulae vel bipenni adsimulavere. Et est ea facies citra Caledoniam, unde et in universum fama [est]: transgressis inmensum et enorme spatium procurrentium extremo iam litore terrarum velut in cuneum tenuatur. Hanc oram novissimi maris tunc primum Romana classis circumvecta insulam esse

Britanniam adfirmavit, ac simul incognitas ad id tempus insulas, quas Orcadas vocant, invenit domuitque. Dispecta est et Thule, quia hactenus iussum, et hiems adpetebat. Sed mare pigrum et grave remigantibus perhibent ne ventis quidem perinde attolli, credo quod rariores terrae montesque, causa ac materia tempestatum, et profunda moles continui maris tardius impellitur. Naturam Oceani atque aestus neque quaerere huius operis est, ac multi rettulere: unum addiderim, nusquam latius dominari mare, multum fluminum huc atque illuc ferre, nec litore tenus adcrescere aut resorberi, sed influere penitus atque ambire, et iugis etiam ac montibus inseri velut in suo.

[11]

Ceterum Britanniam qui mortales initio coluerint, indigenae an advecti, ut inter barbaros, parum compertum. Habitus corporum varii atque ex eo argumenta. Namque rutilae Caledoniam habitantium comae, magni artus Germanicam originem adseverant; Silurum colorati vultus, torti plerumque crines et posita contra Hispania Hiberos veteres traiecisse easque sedes occupasse fidem faciunt; proximi Gallis et similes sunt, seu durante originis vi, seu procurrentibus in diversa terris positio caeli corporibus habitum dedit. In universum tamen aestimanti Gallos vicinam insulam occupasse credibile est. Eorum sacra deprehendas ac superstitionum persuasiones; sermo haud multum diversus, in deposcendis periculis eadem audacia et, ubi advenere, in detrectandis eadem formido. Plus tamen ferociae Britanni praeferunt, ut quos nondum longa pax emollierit. Nam Gallos quoque in bellis floruisse accepimus; mox segnitia cum otio intravit, amissa virtute pariter ac libertate. Quod Britannorum olim victis evenit: ceteri manent quales Galli fuerunt.

[12]

In pedite robur; quaedam nationes et curru proeliantur. Honestior auriga, clientes propugnant. Olim regibus parebant, nunc per principes factionibus et studiis trahuntur. Nec aliud adversus validissimas gentis pro nobis utilius quam quod in commune non consulunt. Rarus duabus tribusve civitatibus ad propulsandum commune periculum conventus: ita singuli pugnant, universi vincuntur. Caelum crebris imbribus ac nebulis foedum; asperitas frigorum abest. Dierum spatia ultra nostri orbis mensuram; nox clara et extrema Britanniae parte brevis, ut finem atque initium lucis exiguo discrimine internoscas. Quod si nubes non officiant, aspici per noctem solis fulgorem, nec occidere et exurgere, sed transire adfirmant. Scilicet extrema et plana terrarum humili umbra non erigunt tenebras, infraque caelum et sidera nox cadit. Solum praeter oleam vitemque et cetera calidioribus terris oriri sueta patiens frugum pecudumque fecundum: tarde mitescunt, cito proveniunt; eademque utriusque rei causa, multus umor terrarum caelique. Fert Britannia aurum et argentum et alia metalla, pretium victoriae. Gignit et Oceanus margarita, sed subfusca ac liventia. Quidam artem abesse legentibus arbitrantur; nam in rubro mari viva ac spirantia saxis avelli, in Britannia, prout expulsa sint, colligi: ego facilius crediderim naturam margaritis deesse quam nobis avaritiam.

[13]

Ipsi Britanni dilectum ac tributa et iniuncta imperii munia impigre obeunt, si iniuriae absint: has aegre tolerant, iam domiti ut pareant, nondum ut serviant. Igitur primus omnium Romanorum divus Iulius cum exercitu Britanniam ingressus, quamquam prospera pugna terruerit incolas ac litore potitus sit, potest videri ostendisse posteris, non tradidisse. Mox bella civilia et in rem publicam versa principum arma, ac longa oblivio Britanniae etiam in pace: consilium id divus Augustus vocabat, Tiberius praeceptum. Agitasse Gaium Caesarem de intranda Britannia satis constat, ni velox ingenio mobili paenitentiae, et ingentes adversus Germaniam conatus frustra fuissent. Divus Claudius auctor iterati operis, transvectis legionibus auxiliisque et adsumpto in partem rerum Vespasiano, quod initium venturae mox fortunae fuit: domitae gentes, capti reges et monstratus fatis Vespasianus.

[14]

Consularium primus Aulus Plautius praepositus ac subinde Ostorius Scapula, uterque bello egregius: redactaque paulatim in formam provinciae proxima pars Britanniae, addita insuper veteranorum colonia. Quaedam civitates Cogidumno regi donatae (is ad nostram usque memoriam fidissimus mansit), vetere ac iam pridem recepta populi Romani consuetudine, ut haberet instrumenta servitutis et reges. Mox Didius Gallus parta a prioribus continuit, paucis admodum castellis in ulteriora promotis, per quae fama aucti officii quaereretur. Didium Veranius excepit, isque intra annum extinctus est. Suetonius hinc Paulinus biennio prosperas res habuit, subactis nationibus firmatisque praesidiis; quorum fiducia Monam insulam ut vires rebellibus ministrantem adgressus terga occasioni patefecit.

[15]

Namque absentia legati remoto metu Britanni agitare inter se mala servitutis, conferre iniurias et interpretando accendere: nihil profici patientia nisi ut graviora tamquam ex facili tolerantibus imperentur. Singulos sibi olim reges fuisse, nunc binos imponi, e quibus legatus in sanguinem, procurator in bona saeviret. Aeque discordiam praepositorum, aeque concordiam subiectis exitiosam. Alterius manus centuriones, alterius servos vim et contumelias miscere. Nihil iam cupiditati, nihil libidini exceptum. In proelio fortiorem esse qui spoliet: nunc ab ignavis plerumque et imbellibus eripi domos, abstrahi liberos, iniungi dilectus, tamquam mori tantum pro patria nescientibus. Quantulum enim transisse militum, si sese Britanni numerent? Sic Germanias excussisse iugum: et flumine, non Oceano defendi. Sibi patriam coniuges parentes, illis avaritiam et luxuriam causas belli esse. Recessuros, ut divus Iulius recessisset, modo virtutem maiorum suorum aemularentur. Neve proelii unius aut alterius eventu pavescerent: plus impetus felicibus, maiorem constantiam penes miseros esse. Iam Britannorum etiam deos misereri, qui Romanum ducem absentem, qui relegatum in alia insula exercitum detinerent; iam ipsos, quod difficillimum fuerit, deliberare. Porro in eius modi consiliis periculosius esse deprehendi quam audere.

[16]

His atque talibus in vicem instincti, Boudicca generis regii femina duce (neque enim sexum in imperiis discernunt) sumpsere universi bellum; ac sparsos per castella milites consectati, expugnatis praesidiis ipsam coloniam invasere ut sedem servitutis, nec ullum in barbaris [ingeniis] saevitiae genus omisit ira et victoria. Quod nisi Paulinus cognito provinciae motu propere subvenisset, amissa Britannia foret; quam unius proelii fortuna veteri patientiae restituit, tenentibus arma plerisque, quos conscientia defectionis et proprius ex legato timor agitabat, ne quamquam egregius cetera adroganter in deditos et ut suae cuiusque iniuriae ultor durius consuleret. Missus igitur Petronius Turpilianus tamquam exorabilior et delictis hostium novus eoque paenitentiae mitior, compositis prioribus nihil ultra ausus Trebellio Maximo provinciam tradidit. Trebellius segnior et nullis castorum experimentis, comitate quadam curandi provinciam tenuit. Didicere iam barbari quoque ignoscere vitiis blandientibus, et interventus civilium armorum praebuit iustam segnitiae excusationem: sed discordia laboratum, cum adsuetus expeditionibus miles otio lasciviret. Trebellius, fuga ac latebris vitata exercitus ira, indecorus atque humilis precario mox praefuit, ac velut pacta exercitus licentia, ducis salute, [et] seditio sine sanguine stetit. Nec Vettius Bolanus, manentibus adhuc civilibus bellis, agitavit Britanniam disciplina: eadem inertia erga hostis, similis petulantia castrorum, nisi quod innocens Bolanus et nullis delictis invisus caritatem paraverat loco auctoritatis.

[17]

Sed ubi cum cetero orbe Vespasianus et Britanniam recuperavit, magni duces, egregii exercitus, minuta hostium spes. Et terrorem statim intulit Petilius Cerialis, Brigantum civitatem, quae numerosissima provinciae totius perhibetur, adgressus. Multa proelia, et aliquando non incruenta; magnamque

Brigantum partem aut victoria amplexus est aut bello. Et Cerialis quidem alterius successoris curam famamque obruisset: subiit sustinuitque molem Iulius Frontinus, vir magnus, quantum licebat, validamque et pugnacem Silurum gentem armis subegit, super virtutem hostium locorum quoque difficultates eluctatus.

[18]

Hunc Britanniae statum, has bellorum vices media iam aestate transgressus Agricola invenit, cum et milites velut omissa expeditione ad securitatem et hostes ad occasionem verterentur. Ordovicum civitas haud multo ante adventum eius alam in finibus suis agentem prope universam obtriverat, eoque initio erecta provincia. Et quibus bellum volentibus erat, probare exemplum ac recentis legati animum opperiri, cum Agricola, quamquam transvecta aestas, sparsi per provinciam numeri, praesumpta apud militem illius anni quies, tarda et contraria bellum incohaturo, et plerisque custodiri suspecta potius videbatur, ire obviam discrimini statuit; contractisque legionum vexillis et modica auxiliorum manu, quia in aequum degredi Ordovices non audebant, ipse ante agmen, quo ceteris par animus simili periculo esset, erexit aciem. Caesaque prope universa gente, non ignarus instandum famae ac, prout prima cessissent, terrorem ceteris fore, Monam insulam, cuius possessione revocatum Paulinum rebellione totius

Britanniae supra memoravi, redigere in potestatem animo intendit. Sed, ut in subitis consiliis, naves deerant: ratio et constantia ducis transvexit. Depositis omnibus sarcinis lectissimos auxiliarium, quibus nota vada et patrius nandi usus, quo simul seque et arma et equos regunt, ita repente inmisit, ut obstupefacti hostes, qui classem, qui navis, qui mare expectabant, nihil arduum aut invictum crediderint sic ad bellum venientibus. Ita petita pace ac dedita insula clarus ac magnus haberi Agricola, quippe cui ingredienti provinciam, quod tempus alii per ostentationem et officiorum ambitum transigunt, labor et periculum placuisset. Nec Agricola prosperitate rerum in vanitatem usus, expeditionem aut victoriam vocabat victos continuisse; ne laureatis quidem gesta prosecutus est, sed ipsa dissimulatione famae famam auxit, aestimantibus quanta futuri spe tam magna tacuisset.

[19]

Ceterum animorum provinciae prudens, simulque doctus per aliena experimenta parum profici armis, si iniuriae sequerentur, causas bellorum statuit excidere. A se suisque orsus primum domum suam coercuit, quod plerisque haud minus arduum est quam provinciam regere. Nihil per libertos servosque publicae rei, non studiis privatis nec ex commendatione aut precibus centurionem militesve adscire, sed optimum quemque fidissimum putare. Omnia scire, non omnia exsequi. Parvis peccatis veniam, magnis severitatem commodare; nec poena semper, sed saepius paenitentia contentus esse; officiis et administrationibus potius non peccaturos praeponere, quam damnare cum peccassent. Frumenti et tributorum exactionem aequalitate munerum mollire, circumcisis quae in quaestum reperta ipso tributo gravius tolerabantur. Namque per ludibrium adsidere clausis horreis et emere ultro frumenta ac luere pretio cogebantur. Divortia itinerum et longinquitas regionum indicebatur, ut civitates proximis hibernis in remota et avia deferrent, donec quod omnibus in promptu erat paucis lucrosum fieret.

[20]

Haec primo statim anno comprimendo egregiam famam paci circumdedit, quae vel incuria vel intolerantia priorum haud minus quam bellum timebatur. Sed ubi aestas advenit, contracto exercitu multus in agmine, laudare modestiam, disiectos coercere; loca castris ipse capere, aestuaria ac silvas ipse praetemptare; et nihil interim apud hostis quietum pati, quo minus subitis excursibus popularetur; atque ubi satis terruerat, parcendo rursus invitamenta pacis ostentare. Quibus rebus multae civitates, quae in illum diem ex aequo egerant, datis obsidibus iram posuere et praesidiis castellisque circumdatae, et tanta ratione curaque, ut nulla ante Britanniae nova pars [pariter] inlacessita transierit.

[21]

Sequens hiems saluberrimis consiliis absumpta. Namque ut homines dispersi ac rudes eoque in bella faciles quieti et otio per voluptates adsuescerent, hortari privatim, adiuvare publice, ut templa fora domos extruerent, laudando promptos, castigando segnis: ita honoris aemulatio pro necessitate erat. Iam vero principum filios liberalibus artibus erudire, et ingenia Britannorum studiis Gallorum anteferre, ut qui modo linguam Romanam abnuebant, eloquentiam concupiscerent. Inde etiam habitus nostri honor et frequens toga; paulatimque discessum ad delenimenta vitiorum, porticus et balinea et conviviorum elegantiam. Idque apud imperitos humanitas vocabatur, cum pars servitutis esset.

[22]

Tertius expeditionum annus novas gentis aperuit, vastatis usque ad Tanaum (aestuario nomen est) nationibus. Qua formdine territi hostes quamquam conflictatum saevis tempestatibus exercitum lacessere non ausi; ponendisque insuper castellis spatium fuit. Adnotabant periti non alium ducem opportunitates locorum sapientius legisse. Nullum ab Agricola positum castellum aut vi hostium expugnatum aut pactione ac fuga desertum; nam adversus moras obsidionis annuis copiis firmabantur. Ita intrepida ibi hiems, crebrae eruptiones et sibi quisque praesidio, inritis hostibus eoque desperantibus, quia soliti plerumque damna aestatis hibernis eventibus pensare tum aestate atque hieme iuxta pellebantur. Nec Agricola umquam per alios gesta avidus intercepit: seu centurio seu praefectus incorruptum facti testem habebat. Apud quosdam acerbior in conviciis narrabatur; [et] ut erat comis bonis, ita adversus malos iniucundus. Ceterum ex iracundia nihil supererat secretum, ut silentium eius non timeres: honestius putabat offendere quam odisse.

[23]

Quarta aestas obtinendis quae percucurrerat insumpta; ac si virtus exercituum et Romani nominis gloria pateretur, inventus in ipsa Britannia terminus. Namque Clota et Bodotria diversi maris aestibus per inmensum revectae, angusto terrarum spatio dirimuntur: quod tum praesidiis firmabatur atque omnis propior sinus tenebatur, summotis velut in aliam insulam hostibus.

[24]

Quinto expeditionum anno nave prima transgressus ignotas ad id tempus gentis crebris simul ac prosperis proeliis domuit; eamque partem Britanniae quae Hiberniam aspicit copiis instruxit, in spem magis quam ob formidinem, si quidem Hibernia medio inter Britanniam atque Hispaniam sita et

Gallico quoque mari opportuna valentissimam imperii partem magnis in vicem usibus miscuerit. Spatium eius, si Britanniae comparetur, angustius nostri maris insulas superat. Solum caelumque et ingenia cultusque hominum haud multum a Britannia differunt; [in] melius aditus portusque per commercia et negotiatores cogniti. Agricola expulsum seditione domestica unum ex regulis gentis exceperat ac specie amicitiae in occasionem retinebat. Saepe ex eo audivi legione una et modicis auxiliis debellari obtinerique Hiberniam posse; idque etiam adversus Britanniam profuturum, si Romana ubique arma et velut e conspectu libertas tolleretur.

[25]

Ceterum aestate, qua sextum officii annum incohabat, amplexus civitates trans Bodotriam sitas, quia motus universarum ultra gentium et infesta hostilis exercitus itinera timebantur, portus classe exploravit; quae ab Agricola primum adsumpta in partem virium sequebatur egregia specie, cum simul terra, simul mari bellum impelleretur, ac saepe isdem castris pedes equesque et nauticus miles mixti copiis et laetitia sua quisque facta, suos casus attollerent, ac modo silvarum ac montium profunda, modo tempestatum ac fluctuum adversa, hinc terra et hostis, hinc victus Oceanus militari iactantia compararentur. Britannos quoque, ut ex captivis audiebatur, visa classis obstupefaciebat, tamquam aperto maris sui secreto ultimum victis perfugium clauderetur. Ad manus et arma conversi Caledoniam incolentes populi magno paratu, maiore fama, uti mos est de ignotis, oppugnare ultro castellum adorti, metum ut provocantes addiderant; regrediendumque citra Bodotriam et cedendum potius quam pellerentur ignavi specie prudentium admonebant, cum interim cognoscit hostis pluribus agminibus inrupturos. Ac ne superante numero et peritia locorum circumiretur, diviso et ipso in tris partes exercitu incessit.

[26]

Quod ubi cognitum hosti, mutato repente consilio universi nonam legionem ut maxime invalidam nocte adgressi, inter somnum ac trepidationem caesis vigilibus inrupere. Iamque in ipsis castris pugnabatur, cum Agricola iter hostium ab exploratoribus edoctus et vestigiis insecutus, velocissimos equitum peditumque adsultare tergis pugnantium iubet, mox ab universis adici clamorem; et propinqua luce fulsere signa. Ita ancipiti malo territi Britanni; et nonanis rediit animus, ac securi pro salute de gloria certabant. Ultro quin etiam erupere, et fuit atrox in ipsis portarum angustiis proelium, donec pulsi hostes, utroque exercitu certante, his, ut tulisse opem, illis, ne eguisse auxilio viderentur. Quod nisi paludes et silvae fugientis texissent, debellatum illa victoria foret.

[27]

Cuius conscientia ac fama ferox exercitus nihil virtuti suae invium et penetrandam Caledoniam inveniendumque tandem Britanniae terminum continuo proeliorum cursu fremebant. Atque illi modo cauti ac sapientes prompti post eventum ac magniloqui erant. Iniquissima haec bellorum condicio est: prospera omnes sibi vindicant, adversa uni imputantur. At Britanni non virtute se victos, sed occasione et arte ducis rati, nihil ex adrogantia remittere, quo minus iuventutem armarent, coniuges ac liberos in loca tuta transferrent, coetibus et sacrificiis conspirationem civitatum sancirent. Atque ita inritatis utrimque animis discessum.

[28]

Eadem aestate cohors Usiporum per Germanias conscripta et in Britanniam transmissa magnum ac memorabile facinus ausa est. Occiso centurione ac militibus, qui ad tradendam disciplinam inmixti manipulis exemplum et rectores habebantur, tris liburnicas adactis per vim gubernatoribus ascendere; et uno remigante, suspectis duobus eoque interfectis, nondum vulgato rumore ut miraculum praevehebantur. Mox ad aquam atque utilia raptum [ubi adpul]issent, cum plerisque Britannorum sua defensantium proelio congressi ac saepe victores, aliquando pulsi, eo ad extremum inopiae venere, ut infirmissimos suorum, mox sorte ductos vescerentur.

Atque ita circumvecti Britanniam, amissis per inscitiam regendi navibus, pro praedonibus habiti, primum a Suebis, mox a Frisiis intercepti sunt. Ac fuere quos per commercia venumdatos et in nostram usque ripam mutatione ementium adductos indicium tanti casus inlustravit.

[29]

Initio aestatis Agricola domestico vulnere ictus, anno ante natum filium amisit. Quem casum neque ut plerique fortium virorum ambitiose, neque per lamenta rursus ac maerorem muliebriter tulit, et in luctu bellum inter remedia erat. Igitur praemissa classe, quae pluribus locis praedata magnum et incertum terrorem faceret, expedito exercitu, cui ex Britannis fortissimos et longa pace exploratos addiderat, ad montem Graupium pervenit, quem iam hostis insederat. Nam Britanni nihil fracti pugnae prioris eventu et ultionem aut servitium expectantes, tandemque docti commune periculum concordia propulsandum, legationibus et foederibus omnium civitatium vires exciverant. Iamque super triginta milia armatorum aspiciebantur, et adhuc adfluebat omnis iuventus et quibus cruda ac viridis senectus, clari bello et sua quisque decora gestantes, cum inter pluris duces virtute et genere praestans nomine Calgacus apud contractam multitudinem proelium poscentem in hunc modum locutus fertur:

[30]

"Quotiens causas belli et necessitatem nostram intueor, magnus mihi animus est hodiernum diem consensumque vestrum initium libertatis toti Britanniae fore: nam et universi co[i]stis et servitutis expertes, et nullae ultra terrae ac ne mare quidem securum inminente nobis classe Romana. Ita proelium atque arma, quae fortibus honesta, eadem etiam ignavis tutissima sunt. Priores pugnae, quibus adversus Romanos varia fortuna certatum est, spem ac subsidium in nostris manibus habebant, quia nobilissimi totius Britanniae eoque in ipsis penetralibus siti nec ulla servientium litora aspicientes, oculos quoque a contactu dominationis inviolatos habebamus. Nos terrarum ac libertatis extremos recessus ipse ac sinus famae in hunc diem defendit: nunc terminus Britanniae patet, atque omne ignotum pro magnifico est; sed nulla iam ultra gens, nihil nisi fluctus ac saxa, et infestiores Romani, quorum superbiam frustra per obsequium ac modestiam effugias. Raptores orbis, postquam cuncta vastantibus defuere terrae, mare scrutantur: si locuples hostis est, avari, si pauper, ambitiosi, quos non Oriens, non Occidens satiaverit: soli omnium opes atque inopiam pari adfectu concupiscunt. Auferre trucidare rapere falsis nominibus imperium, atque ubi solitudinem faciunt, pacem appellant.

[31]

"Liberos cuique ac propinquos suos natura carissimos esse voluit: hi per dilectus alibi servituri auferuntur; coniuges sororesque etiam si hostilem libidinem effugerunt, nomine amicorum atque hospitum polluuntur. Bona fortunaeque in tributum, ager atque annus in frumentum, corpora ipsa ac manus silvis ac paludibus emuniendis inter verbera et contumelias conteruntur. Nata servituti mancipia semel veneunt, atque ultro a dominis aluntur: Britannia servitutem suam cotidie emit, cotidie pascit. Ac sicut in familia recentissimus quisque servorum etiam conservis ludibrio est, sic in hoc orbis terrarum vetere famulatu novi nos et viles in excidium petimur; neque enim arva nobis aut metalla aut portus sunt, quibus exercendis reservemur. virtus porro ac ferocia subiectorum ingrata imperantibus; et longinquitas ac secretum ipsum quo tutius, eo suspectius. Ita sublata spe veniae tandem sumite animum, tam quibus salus quam quibus gloria carissima est. Brigantes femina duce exurere coloniam, expugnare castra, ac nisi felicitas in socordiam vertisset, exuere iugum potuere: nos integri et indomiti et in libertatem, non in paenitentiam [bel]laturi; primo statim congressu ostendamus, quos sibi Caledonia viros seposuerit.

[32]

"An eandem Romanis in bello virtutem quam in pace lasciviam adesse creditis? Nostris illi dissensionibus ac discordiis clari vitia hostium in gloriam exercitus sui vertunt; quem contractum ex diversissimis gentibus ut secundae res tenent, ita adversae dissolvent: nisi si Gallos et Germanos et (pudet dictu) Britannorum plerosque, licet dominationi alienae sanguinem commodent, diutius tamen hostis quam servos, fide et adfectu teneri putatis. Metus ac terror sunt infirma vincla caritatis; quae ubi removeris, qui timere desierint, odisse incipient. Omnia victoriae incitamenta pro nobis sunt: nullae Romanos coniuges accendunt, nulli parentes fugam exprobraturi sunt; aut nulla plerisque patria aut alia est. Paucos numero, trepidos ignorantia, caelum ipsum ac mare et silvas, ignota omnia circumspectantis, clausos quodam modo ac vinctos di nobis tradiderunt. Ne terreat vanus aspectus et auri fulgor atque argenti, quod neque tegit neque vulnerat. In ipsa hostium acie inveniemus nostras manus: adgnoscent Britanni suam causam, recordabuntur Galli priorem libertatem, tam deserent illos ceteri Germani quam nuper Usipi reliquerunt. Nec quicquam ultra formidinis: vacua castella, senum coloniae, inter male parentis et iniuste imperantis aegra municipia et discordantia. Hic dux, hic exercitus: ibi tributa et metalla et ceterae servientium poenae, quas in aeternum perferre aut statim ulcisci in hoc campo est. Proinde ituri in aciem et maiores vestros et posteros cogitate.'

[33]

Excepere orationem alacres, ut barbaris moris, fremitu cantuque et clamoribus dissonis. Iamque agmina et armorum fulgores audentissimi cuiusque procursu; simul instruebatur acies, cum Agricola quamquam laetum et vix munimentis coercitum militem accendendum adhuc ratus, ita disseruit: 'septimus annus est, commilitones, ex quo virtute et auspiciis imperii Romani, fide atque opera vestra Britanniam vicistis. Tot expeditionibus, tot proeliis, seu fortitudine adversus hostis seu patientia ac labore paene adversus ipsam rerum naturam opus fuit, neque me militum neque vos ducis paenituit. Ergo egressi, ego veterum legatorum, vos priorum exercituum terminos, finem Britanniae non fama nec rumore, sed castris et armis tenemus: inventa Britannia et subacta. Equidem saepe in agmine, cum vos paludes montesve et flumina fatigarent, fortissimi cuiusque voces audiebam: "quando dabitur hostis, quando in manus [veniet]?" Veniunt, e latebris suis extrusi, et vota virtusque in aperto, omniaque prona victoribus atque eadem victis adversa. Nam ut superasse tantum itineris, evasisse silvas, transisse aestuaria pulchrum ac decorum in frontem, ita fugientibus periculosissima quae hodie prosperrima sunt; neque enim nobis aut locorum eadem notitia aut commeatuum eadem abundantia, sed manus et arma et in his omnia. Quod ad me attinet, iam pridem mihi decretum est neque exercitus neque ducis terga tuta esse. Proinde et honesta mors turpi vita potior, et incolumitas ac decus eodem loco sita sunt; nec inglorium fuerit in ipso terrarum ac naturae fine cecidisse.

[34]

"Si novae gentes atque ignota acies constitisset, aliorum exercituum exemplis vos hortarer: nunc vestra decora recensete, vestros oculos interrogate. Hi sunt, quos proximo anno unam legionem furto noctis adgressos clamore debellastis; hi ceterorum Britannorum fugacissimi ideoque tam diu superstites. Quo modo silvas saltusque penetrantibus fortissimum quodque animal contra ruere, pavida et inertia ipso agminis sono pellebantur, sic acerrimi Britannorum iam pridem ceciderunt, reliquus est numerus ignavorum et metuentium. Quos quod tandem invenistis, non restiterunt, sed deprehensi sunt; novissimae res et extremus metus torpore defixere aciem in his vestigiis, in quibus pulchram et spectabilem victoriam ederetis. Transigite cum expeditionibus, imponite quinquaginta annis magnum diem, adprobate rei publicae numquam exercitui imputari potuisse aut moras belli aut causas rebellandi.'

[35]

Et adloquente adhuc Agricola militum ardor eminebat, et finem orationis ingens alacritas consecuta est, statimque ad arma discursum. Instinctos ruentisque ita disposuit, ut peditum auxilia, quae octo milium erant, mediam aciem firmarent, equitum tria milia cornibus adfunderentur. Legiones pro vallo stetere, ingens victoriae decus citra Romanum sanguinem bellandi, et auxilium, si pellerentur. Britannorum acies in speciem simul ac terrorem editioribus locis constiterat ita, ut primum agmen in aequo, ceteri per adclive iugum conexi velut insurgerent; media campi covinnarius eques strepitu ac discursu complebat. Tum Agricola superante hostium multitudine veritus, ne in frontem simul et latera suorum pugnaretur, diductis ordinibus, quamquam porrectior acies futura erat et arcessendas plerique legiones admonebant, promptior in spem et firmus adversis, dimisso equo pedes ante vexilla constitit.

[36]

Ac primo congressu eminus certabatur; simulque constantia, simul arte Britanni ingentibus gladiis et brevibus caetris missilia nostrorum vitare vel excutere, atque ipsi magnam vim telorum superfundere, donec Agricola quattuor Batavorum cohortis ac Tungrorum duas cohortatus est, ut rem ad mucrones ac manus adducerent; quod et ipsis vetustate militiae exercitatum et hostibus inhabile [parva scuta et enormis gladios gerentibus]; nam Britannorum gladii sine mucrone complexum armorum et in arto pugnam non tolerabant. Igitur ut Batavi miscere ictus, ferire umbonibus, ora fodere, et stratis qui in aequo adstiterant, erigere in collis aciem coepere, ceterae cohortes aemulatione et impetu conisae proximos quosque caedere: ac plerique semineces aut integri festinatione victoriae relinquebantur. Interim equitum turmae, [ut] fugere covinnarii, peditum se proelio miscuere. Et quamquam recentem terrorem intulerant, densis tamen hostium agminibus et inaequalibus locis haerebant; minimeque aequa nostris iam pugnae facies erat, cum aegre clivo instantes simul equorum corporibus impellerentur; ac saepe vagi currus, exterriti sine rectoribus equi, ut quemque formido tulerat, transversos aut obvios incursabant.

[37]

Et Britanni, qui adhuc pugnae expertes summa collium insederant et paucitatem nostrorum vacui spernebant, degredi paulatim et circumire terga vincentium coeperant, ni id ipsum veritus Agricola quattuor equitum alas, ad subita belli retentas, venientibus opposuisset, quantoque ferocius adcucurrerant, tanto acrius pulsos in fugam disiecisset. Ita consilium Britannorum in ipsos versum, transvectaeque praecepto ducis a fronte pugnantium alae aversam hostium aciem invasere. Tum vero patentibus locis grande et atrox spectaculum: sequi, vulnerare, capere, atque eosdem oblatis aliis trucidare. Iam hostium, prout cuique ingenium erat, catervae armatorum paucioribus terga praestare, quidam inermes ultro ruere ac se morti offerre. Passim arma et corpora et laceri artus et cruenta humus; et aliquando etiam victis ira virtusque. Nam postquam silvis adpropinquaverunt, primos sequentium incautos collecti et locorum gnari circumveniebant. Quod ni frequens ubique Agricola validas et expeditas cohortis indaginis modo et, sicubi artiora erant, partem equitum dimissis equis, simul rariores silvas equitem persultare iussisset, acceptum aliquod vulnus per nimiam fiduciam foret. Ceterum ubi compositos firmis ordinibus sequi rursus videre, in fugam versi, non agminibus, ut prius, nec alius alium respectantes: rari e vitabundi in vicem longinqua atque avia petiere. Finis sequendi nox et satietas fuit. Caesa hostium ad decem milia: nostrorum trecenti sexaginta cecidere, in quis Aulus Atticus praefectus cohortis, iuvenili ardore et ferocia equi hostibus inlatus.

[38]

Et nox quidem gaudio praedaque laeta victoribus: Britanni palantes mixto virorum mulierumque ploratu trahere vulneratos, vocare integros, deserere domos ac per iram ultro incendere, eligere latebras et statim relinquere; miscere in vicem consilia aliqua, dein separare; aliquando frangi aspectu pignorum suorum, saepius concitari. Satisque constabat saevisse quosdam in coniuges ac liberos, tamquam misererentur. Proximus dies faciem victoriae latius aperuit: vastum ubique silentium, secreti colles, fumantia procul tecta, nemo exploratoribus obvius. Quibus in omnem partem dimissis, ubi incerta fugae vestigia neque usquam conglobari hostis compertum (et exacta iam aestate spargi bellum nequibat), in finis Borestorum exercitum deducit. Ibi acceptis obsidibus, praefecto classis circumvehi Britanniam praecipit. Datae ad id vires, et praecesserat terror. Ipse peditem atque equites lento itinere, quo novarum gentium animi ipsa transitus mora terrerentur, in hibernis locavit. Et simul classis secunda tempestate ac fama Trucculensem portum tenuit, unde proximo Britanniae latere praelecto omni redierat.

[39]

Hunc rerum cursum, quamquam nulla verborum iactantia epistulis Agricolae auctum, ut erat Domitiano moris, fronte laetus, pectore anxius excepit. Inerat conscientia derisui fuisse nuper falsum e Germania triumphum, emptis per commercia, quorum habitus et crinis in captivorum speciem formarentur: at nunc veram magnamque victoriam tot milibus hostium caesis ingenti fama celebrari. Id sibi maxime formidolosum, privati hominis nomen supra principem attolli: frustra studia fori et civilium artium decus in silentium acta, si militarem gloriam alius occuparet; cetera utcumque facilius dissimulari, ducis boni imperatoriam virtutem esse. Talibus curis exercitus, quodque saevae cogitationis indicium erat, secreto suo satiatus, optimum in praesentia statuit reponere odium, donec impetus famae et favor exercitus langueceret: nam etiam tum Agricola Britanniam obtinebat.

[40]

Igitur triumphalia ornamenta et inlustris statuae honorem et quidquid pro triumpho datur, multo verborum honore cumulata, decerni in senatu iubet addique insuper opinionem, Syriam provinciam Agricolae destinari, vacuam tum morte Atili Rufi consularis et maioribus reservatam. Credidere plerique libertum ex secretioribus ministeriis missum ad Agricolam codicillos, quibus ei Syria dabatur, tulisse, cum eo praecepto ut, si in Britannia foret, traderentur; eumque libertum in ipso freto Oceani obvium Agricolae, ne appellato quidem eo ad Domitianum remeasse, sive verum istud, sive ex ingenio principis fictum ac compositum est. Tradiderat interim Agricola successori suo provinciam quietam tutamque. Ac ne notabilis celebritate et frequentia occurrentium introitus esset, vitato amicorum officio noctu in urbem, noctu in Palatium, ita ut praeceptum erat, venit; exceptusque brevi osculo et nullo sermone turbae servientium inmixtus est. Ceterum uti militare nomen, grave inter otiosos, aliis virtutibus temperaret, tranquillitatem atque otium penitus hausit, cultu modicus, sermone facilis, uno aut altero amicorum comitatus, adeo ut plerique, quibus magnos viros per ambitionem aestimare mos est, viso aspectoque Agricola quaererent famam, pauci interpretarentur.

[41]

Crebro per eos dies apud Domitianum absens accusatus, absens absolutus est. Causa periculi non crimen ullum aut querela laesi cuiusquam, sed infensus virtutibus princeps et gloria viri ac pessimum inimicorum genus, laudantes. Et ea insecuta sunt rei publicae tempora, quae sileri Agricolam non sinerent: tot exercitus in Moesia Daciaque et Germania et Pannonia temeritate aut per ignaviam ducum amissi, tot militares viri cum tot cohortibus expugnati et capti; nec iam de limite imperii et ripa, sed de hibernis legionum et possessione dubitatum. Ita cum damna damnis continuarentur atque omnis annus funeribus et cladibus insigniretur, poscebatur ore vulgi dux Agricola, comparantibus cunctis vigorem, constantiam et expertum bellis animum cum inertia et formidine aliorum. Quibus sermonibus satis constat Domitiani quoque auris verberatas, dum optimus quisque libertorum amore et fide, pessimi malignitate et livore pronum deterioribus principem extimulabant. Sic Agricola simul suis virtutibus, simul vitiis aliorum in ipsam gloriam praeceps agebatur.

[42]

Aderat iam annus, quo proconsulatum Africae et Asiae sortiretur, et occiso Civica nuper nec Agricolae consilium deerat nec Domitiano exemplum.

Accessere quidam cogitationum principis periti, qui iturusne esset in provinciam ultro Agricolam interrogarent. Ac primo occultius quietem et otium laudare, mox operam suam in adprobanda excusatione offerre, postremo non iam obscuri suadentes simul terrentesque pertraxere ad Domitianum. Qui paratus simulatione, in adrogantiam compositus, et audiit preces excusantis, et, cum adnuisset, agi sibi gratias passus est, nec erubuit beneficii invidia. Salarium tamen proconsulare solitum offerri et quibusdam a se ipso concessum Agricolae non dedit, sive offensus non petitum, sive ex conscientia, ne quod vetuerat videretur emisse. Proprium humani ingenii est odisse quem laeseris: Domitiani vero natura praeceps in iram, et quo obscurior, eo inrevocabilior, moderatione tamen prudentiaque Agricolae leniebatur, quia non contumacia neque inani iactatione libertatis famam fatumque provocabat. Sciant, quibus moris est inlicita mirari, posse etiam sub malis principibus magnos viros esse, obsequiumque ac modestiam, si industria ac vigor adsint, eo laudis excedere, quo plerique per abrupta, sed in nullum rei publicae usum <nisi> ambitiosa morte inclaruerunt.

[43]

Finis vitae eius nobis luctuosus, amicis tristis, extraneis etiam ignotisque non sine cura fuit. vulgus quoque et hic aliud agens populus et ventitavere ad domum et per fora et circulos locuti sunt; nec quisquam audita morte Agricolae aut laetatus est aut statim oblitus. Augebat miserationem constans rumor veneno interceptum: nobis nihil comperti, [ut] adfirmare ausim. Ceterum per omnem valetudinem eius crebrius quam ex more principatus per nuntios visentis et libertorum primi et medicorum intimi venere, sive cura illud sive inquisitio erat. Supremo quidem die momenta ipsa deficientis per dispositos cursores nuntiata constabat, nullo credente sic adcelerari quae tristis audiret. Speciem tamen doloris animi vultu prae se tulit, securus iam odii et qui facilius dissimularet gaudium quam metum. Satis constabat lecto testamento Agricolae, quo coheredem optimae uxori et piissimae filiae Domitianum scripsit, laetatum eum velut honore iudicioque. Tam caeca et corrupta mens adsiduis adulationibus erat, ut nesciret a bono patre non scribi heredem nisi malum principem.

[44]

Natus erat Agricola Gaio Caesare tertium consule idibus Iuniis: excessit quarto et quinquagesimo anno, decimum kalendas Septembris Collega Prisc<in>oque consulibus. Quod si habitum quoque eius posteri noscere velint, decentior quam sublimior fuit; nihil impetus in vultu: gratia oris supererat. Bonum virum facile crederes, magnum libenter. Et ipse quidem, quamquam medio in spatio integrae aetatis ereptus, quantum ad gloriam, longissimum aevum peregit. Quippe et vera bona, quae in virtutibus sita sunt, impleverat, et consulari ac triumphalibus ornamentis praedito quid aliud adstruere fortuna poterat? Opibus nimiis non gaudebat, speciosae [non] contigerant. Filia atque uxore superstitibus potest videri etiam beatus incolumi dignitate, florente fama, salvis adfinitatibus et amicitiis futura effugisse. Nam sicut ei [non licuit] durare in hanc beatissimi saeculi lucem ac principem Traianum videre, quod augurio votisque apud nostras auris ominabatur, ita festinatae mortis grande solacium tulit evasisse postremum illud tempus, quo Domitianus non iam per intervalla ac spiramenta temporum, sed continuo et velut uno ictu rem publicam exhausit.

[45]

Non vidit Agricola obsessam curiam et clausum armis senatum et eadem strage tot consularium caedes, tot nobilissimarum feminarum exilia et fugas. Una adhuc victoria Carus Mettius censebatur, et intra Albanam arcem sententia Messalini strepebat, et Massa Baebius iam tum reus erat: mox nostrae duxere Helvidium in carcerem manus; nos Maurici Rusticique visus [foedavit]; nos innocenti sanguine Senecio perfudit. Nero tamen subtraxit oculos suos iussitque scelera, non spectavit: praecipua sub Domitiano miseriarum pars erat videre et aspici, cum suspiria nostra subscriberentur, cum denotandis tot hominum palloribus sufficeret saevus ille vultus et rubor, quo se contra pudorem muniebat. Tu vero felix, Agricola, non vitae tantum claritate, sed etiam opportunitate mortis. Ut perhibent qui interfuere novissimis sermonibus tuis, constans et libens fatum excepisti, tamquam pro virili portione innocentiam principi donares. Sed mihi filiaeque eius praeter acerbitatem parentis erepti auget maestitiam, quod adsidere valetudini, fovere deficientem, satiari vultu complexuque non contigit. Excepissemus certe mandata vocesque, quas penitus animo figeremus. Noster hic dolor, nostrum vulnus, nobis tam longae absentiae condicione ante quadriennium amissus est. Omnia sine dubio, optime parentum, adsidente amantissima uxore superfuere honori tuo: paucioribus tamen lacrimis comploratus es, et novissima in luce desideravere aliquid oculi tui.

[46]

Si quis piorum manibus locus, si, ut sapientibus placet, non cum corpore extinguuntur magnae animae, placide quiescas, nosque domum tuam ab infirmo desiderio et muliebribus lamentis ad contemplationem virtutum tuarum voces, quas neque lugeri neque plangi fas est. Admiratione te potius et immortalibus laudibus et, si natura suppeditet, similitudine colamus: is verus honos, ea coniunctissimi cuiusque pietas. Id filiae quoque uxorique praeceperim, sic patris, sic mariti memoriam venerari, ut omnia facta dictaque eius secum revolvant, formamque ac figuram animi magis quam corporis complectantur, non quia intercedendum putem imaginibus quae marmore aut aere finguntur, sed ut vultus hominum, ita simulacra vultus imbecilla ac mortalia sunt, forma mentis aeterna, quam tenere et exprimere non per alienam materiam et artem, sed tuis ipse moribus possis. Quidquid ex Agricola amavimus, quidquid mirati sumus, manet mansurumque est in animis hominum in aeternitae temporum, fama rerum; nam multos veterum velut inglorios et ignobilis oblivio obruit: Agricola posteritati narratus et traditus superstes erit.

DIALOGUS DE ORATORIBUS

[1]

Saepe ex me requiris, Iuste Fabi, cur, cum priora saecula tot eminentium oratorum ingeniis gloriaque floruerint, nostra potissimum aetas deserta et laude eloquentiae orbata vix nomen ipsum oratoris retineat; neque enim ita appellamus nisi antiquos, horum autem temporum diserti causidici et advocati et patroni et quidvis potius quam oratores vocantur. Cui percontationi tuae respondere et tam magnae quaestionis pondus excipere, ut aut de ingeniis nostris male existimandum [sit], si idem adsequi non possumus, aut de iudiciis, si nolumus, vix hercule auderem, si mihi mea sententia proferenda ac non disertissimorum, ut nostris temporibus, hominum sermo repetendus esset, quos eandem hanc quaestionem pertractantis iuvenis admodum audivi. Ita non ingenio, sed memoria et recordatione opus est, ut quae a praestantissimis viris et excogitata subtiliter et dicta graviter accepi, cum singuli diversas [vel easdem] sed probabilis causas adferrent, dum formam sui quisque et animi et ingenii redderent, isdem nunc numeris isdemque rationibus persequar, servato ordine disputationis. Neque enim defuit qui diversam quoque partem susciperet, ac multum vexata et inrisa vetustate nostrorum temporum eloquentiam antiquorum ingeniis anteferret.

[2]

Nam postero die quam Curiatius Maternus Catonem recitaverat, cum offendisse potentium animos diceretur, tamquam in eo tragoediae argumento sui oblitus tantum Catonem cogitasset, eaque de re per urbem frequens sermo haberetur, venerunt ad eum Marcus Aper et Iulius Secundus, celeberrima tum ingenia fori nostri, quos ego utrosque non modo in iudiciis studiose audiebam, sed domi quoque et in publico adsectabar mira studiorum cupiditate et quodam ardore iuvenili, ut fabulas quoque eorum et disputationes et arcana semotae dictionis penitus exciperem, quamvis maligne plerique opinarentur, nec Secundo promptum esse sermonem et Aprum ingenio potius et vi naturae quam institutione et litteris famam eloquentiae consecutum. Nam et Secundo purus et pressus et, in quantum satis erat, profluens sermo non defuit, et Aper omni eruditione imbutus contemnebat potius litteras quam nesciebat, tamquam maiorem industriae et laboris gloriam habiturus, si ingenium eius nullis alienarum artium adminiculis inniti videretur.

[3]

Igitur ut intravimus cubiculum Materni, sedentem ipsum[que], quem pridie recitaverat librum, inter manus habentem deprehendimus. Tum Secundus "nihilne te" inquit, "Materne, fabulae malignorum terrent, quo minus offensas Catonis tui ames? An ideo librum istum adprehendisti, ut diligentius retractares, et sublatis si qua pravae interpretationi materiam dederunt, emitteres Catonem non quidem meliorem, sed tamen securiorem?" Tum ille "leges" inquit "quid Maternus sibi debuerit, et adgnosces quae audisti. Quod si qua omisit Cato, sequenti recitatione Thyestes dicet; hanc enim tragoediam disposui iam et intra me ipse formavi. Atque ideo maturare libri huius editionem festino, ut dimissa priore cura novae cogitationi toto pectore incumbam." "Adeo te tragoediae istae non satiant," inquit Aper "quo minus omissis orationum et causarum studiis omne tempus modo circa Medeam, ecce nunc circa Thyestem consumas, cum te tot amicorum causae, tot coloniarum et municipiorum clientelae in forum vocent, quibus vix suffeceris, etiam si non novum tibi ipse negotium importasses, [ut] Domitium et Catonem, id est nostras quoque historias et Romana nomina Graeculorum fabulis adgregares."

[4]

Et Maternus: "perturbarer hac tua severitate, nisi frequens et assidua nobis contentio iam prope in consuetudinem vertisset. Nam nec tu agitare et insequi poetas intermittis, et ego, cui desidiam advocationum obicis, cotidianum hoc patrocinium defendendae adversus te poeticae exerceo. Quo laetor magis oblatum nobis iudicem, qui me vel in futurum vetet versus facere, vel, quod iam pridem opto, sua quoque auctoritate compellat, ut omissis forensium causarum angustiis, in quibus mihi satis superque sudatum est, sanctiorem illam et augustiorem eloquentiam colam."

[5]

"Ego vero" inquit Secundus, "antequam me iudicem Aper recuset, faciam quod probi et moderati iudices solent, ut in iis cognitionibus [se] excusent, in quibus manifestum est alteram apud eos partem gratia praevalere. Quis enim nescit neminem mihi coniunctiorem esse et usu amicitiae et assiduitate contubernii quam Saleium Bassum, cum optimum virum tum absolutissimum poetam? Porro si poetica accusatur, non alium video reum locupletiorem." "Securus sit" inquit Aper "et Saleius Bassus et quisquis alius studium poeticae et carminum gloriam fovet, cum causas agere non possit. Ego enim, quatenus arbitrum litis huius [inveniri], non patiar Maternum societate plurium defendi, sed ipsum solum apud [omnes] arguam, quod natus ad eloquentiam virilem et oratoriam, qua parere simul et tueri amicitias, adsciscere necessitudines, complecti provincias possit, omittit studium, quo non aliud in civitate nostra vel ad utilitatem fructuosius [vel ad voluptatem dulcius] vel ad dignitatem amplius vel ad urbis famam pulchrius vel ad totius imperii atque omnium gentium notitiam inlustrius excogitari potest. Nam si ad utilitatem vitae omnia consilia factaque nostra derigenda sunt, quid est tutius quam eam exercere artem, qua semper armatus praesidium amicis, opem alienis, salutem periclitantibus, invidis vero et inimicis metum et terrorem ultro feras, ipse securus et velut quadam perpetua potentia ac potestate munitus? cuius vis et utilitas rebus prospere fluentibus aliorum perfugio et tutela intellegitur: sin proprium periculum increpuit, non hercule lorica et gladius in acie firmius munimentum quam reo et periclitanti eloquentia, praesidium simul ac telum, quo propugnare pariter et incessere sive in iudicio sive in senatu sive apud principem possis. Quid aliud infestis patribus nuper Eprius Marcellus quam eloquentiam suam opposuit? Qua accinctus et minax disertam quidem, sed inexercitatam et eius modi certaminum rudem Helvidii sapientiam elusit. plura de utilitate non dico, cui parti minime contra dicturum Maternum meum arbitror.

[6]

Ad voluptatem oratoriae eloquentiae transeo, cuius iucunditas non uno aliquo momento, sed omnibus prope diebus ac prope omnibus horis contingit. Quid enim dulcius libero et ingenuo animo et ad voluptates honestas nato quam videre plenam semper et frequentem domum suam concursu splendidissimorum hominum? idque scire non pecuniae, non orbitati, non officii alicuius administrationi, sed sibi ipsi dari? ipsos quin immo orbos et locupletes et potentis venire plerumque ad iuvenem et pauperem, ut aut sua aut amicorum discrimina commendent. ullane tanta ingentium opum ac magnae potentiae voluptas quam spectare homines veteres et senes et totius orbis gratia subnixos in summa rerum omnium abundantia confitentis, id quod optimum sit se non habere? iam vero qui togatorum comitatus et egressus! Quae in publico species! Quae in iudiciis veneratio! Quod illud gaudium consurgendi adsistendique inter tacentis et in unum conversos! coire populum et circumfundi coram et accipere adfectum, quemcumque orator induerit! vulgata dicentium gaudia et imperitorum quoque oculis exposita percenseo: illa secretiora et tantum ipsis orantibus nota maiora sunt. Sive accuratam meditatamque profert orationem, est quoddam sicut ipsius dictionis, ita gaudii pondus et constantia; sive novam et recentem curam non sine aliqua trepidatione animi attulerit, ipsa sollicitudo commendat eventum et lenocinatur voluptati. Sed extemporalis audaciae atque ipsius temeritatis vel praecipua iucunditas est; nam [in] ingenio quoque, sicut in agro, quamquam [grata sint quae] diu serantur atque elaborentur, gratiora tamen quae sua sponte nascuntur.

[7]

Equidem, ut de me ipso fatear, non eum diem laetiorem egi, quo mihi latus clavus oblatus est, vel quo homo novus et in civitate minime favorabili natus quaesturam aut tribunatum aut praeturam accepi, quam eos, quibus mihi pro mediocritate huius quantulaecumque in dicendo facultatis aut reum prospere defendere aut apud centumviros causam aliquam feliciter orare aut apud principem ipsos illos libertos et procuratores principum tueri et defendere datur. tum mihi supra tribunatus et praeturas et consulatus ascendere videor, tum habere quod, si non [ultro] oritur, nec codicillis datur nec cum gratia venit. Quid? fama et laus cuius artis cum oratorum gloria comparanda est? Quid? Non inlustres sunt in urbe non solum apud negotiosos et rebus intentos, sed etiam apud iuvenes vacuos et adulescentis, quibus modo recta indoles est et bona spes sui? Quorum nomina prius parentes liberis suis ingerunt? Quos saepius vulgus quoque imperitum et tunicatus hic populus transeuntis nomine vocat et digito demonstrat? Advenae quoque et peregrini iam in municipiis et coloniis suis auditos, cum primum urbem attigerunt, requirunt ac velut adgnoscere concupiscunt.

[8]

Ausim contendere Marcellum hunc Eprium, de quo modo locutus sum, et Crispum Vibium (libentius enim novis et recentibus quam remotis et oblitteratis exemplis utor) non minores esse in extremis partibus terrarum quam Capuae aut Vercellis, ubi nati dicuntur. Nec hoc illis alterius [bis alterius] ter milies sestertium praestat, quamquam ad has ipsas opes possunt videri eloquentiae beneficio venisse, [sed] ipsa eloquentia; cuius numen et caelestis vis multa quidem omnibus saeculis exempla edidit, ad quam usque fortunam homines ingenii viribus pervenerint, sed haec, ut supra dixi, proxima et quae non auditu cognoscenda, sed oculis spectanda haberemus. Nam quo sordidius et abiectius nati sunt quoque notabilior paupertas et angustiae rerum nascentis eos circumsteterunt, eo clariora et ad demonstrandam oratoriae eloquentiae utilitatem inlustriora exempla sunt, quod sine commendatione natalium, sine substantia facultatum, neuter moribus egregius, alter habitu quoque corporis contemptus, per multos iam annos potentissimi sunt civitatis ac, donec libuit, principes fori, nunc principes in Caesaris amicitia agunt feruntque cuncta atque ab ipso principe cum quadam reverentia diliguntur, quia Vespasianus, venerabilis senex et patientissimus veri, bene intellegit [et] ceteros quidem amicos suos iis niti, quae ab ipso acceperint quaeque ipsis accumulare et in alios congerere promptum sit, Marcellum autem et Crispum attulisse ad amicitiam suam quod non a principe acceperint nec accipi possit. Ninimum inter tot ac tanta locum obtinent imagines ac tituli et statuae, quae neque ipsa tamen negleguntur, tam hercule quam divitiae et opes, quas facilius invenies qui vituperet quam qui fastidiat. His igitur et honoribus et ornamentis et facultatibus refertas domos eorum videmus, qui se ab ineunte adulescentia causis forensibus et oratorio studio dederunt.

[9]

Nam carmina et versus, quibus totam vitam Maternus insumere optat (inde enim omnis fluxit oratio), neque dignitatem ullam auctoribus suis conciliant neque utilitates alunt; voluptatem autem brevem, laudem inanem et infructuosam consequuntur. licet haec ipsa et quae deinceps dicturus sum aures tuae, Materne, respuant, cui bono est, si apud te Agamemnon aut Iason diserte loquitur? Quis ideo domum defensus et tibi obligatus redit? Quis Saleium nostrum, egregium poetam vel, si hoc honorificentius est, praeclarissimum vatem, deducit aut salutat aut prosequitur? Nempe si amicus eius, si propinquus, si denique ipse in aliquod negotium inciderit, ad hunc Secundum recurret aut ad te, Materne, non quia poeta es, neque ut pro eo versus facias; hi enim

Basso domi nascuntur, pulchri quidem et iucundi, quorum tamen hic exitus est, ut cum toto anno, per omnes dies, magna noctium parte unum librum excudit et elucubravit, rogare ultro et ambire cogatur, ut sint qui dignentur audire, et ne id quidem gratis; nam et domum mutuatur et auditorium exstruit et subsellia conducit et libellos dispergit. Et ut beatissimus recitationem eius eventus prosequatur, omnis illa laus intra unum aut alterum diem, velut in herba vel flore praecerpta, ad nullam certam et solidam pervenit frugem, nec aut amicitiam inde refert aut clientelam aut mansurum in animo cuiusquam beneficium, sed clamorem vagum et voces inanis et gaudium volucre. laudavimus nuper ut miram et eximiam Vespasiani liberalitatem, quod quingenta sestertia Basso donasset. pulchrum id quidem, indulgentiam principis ingenio mereri: quanto tamen pulchrius, si ita res familiaris exigat, se ipsum colere, suum genium propitiare, suam experiri liberalitatem! adice quod poetis, si modo dignum aliquid elaborare et efficere velint, relinquenda conversatio amicorum et iucunditas urbis, deserenda cetera officia utque ipsi dicunt, in nemora et lucos, id est in solitudinem secedendum est.

[10]

Ne opinio quidem et fama, cui soli serviunt et quod unum esse pretium omnis laboris sui fatentur, aeque poetas quam oratores sequitur, quoniam mediocris poetas nemo novit, bonos pauci. Quando enim rarissimarum recitationum fama in totam urbem penetrat? Nedum ut per tot provincias innotescat. Quotus quisque, cum ex Hispania vel Asia, ne quid de Gallis nostris loquar, in urbem venit, Saleium Bassum requirit? Atque adeo si quis requirit, ut semel vidit, transit et contentus est, ut si picturam aliquam vel statuam vidisset. Neque hunc meum sermonem sic accipi volo, tamquam eos, quibus natura sua oratorium ingenium denegavit, deterream a carminibus, si modo in hac studiorum parte oblectare otium et nomen inserere possunt famae. Ego vero omnem eloquentiam omnisque eius partis sacras et venerabilis puto, nec solum cothurnum vestrum aut heroici carminis sonum, sed lyricorum quoque iucunditatem et elegorum lascivias et iamborum amaritudinem [et] epigrammatum lusus et quamcumque aliam speciem eloquentia habeat, anteponendam ceteris aliarum artium studiis credo. Sed tecum mihi, Materne, res est, quod, cum natura tua in ipsam arcem eloquentiae ferat, errare mavis et summa adepturus in levioribus subsistis. ut si in Graecia natus esses, ubi ludicras quoque artis exercere honestum est, ac tibi Nicostrati robur ac vires di dedissent, non paterer inmanis illos et ad pugnam natos lacertos levitate iaculi aut iactu disci vanescere, sic nunc te ab auditoriis et theatris in forum et ad causas et ad vera proelia voco, cum praesertim ne ad illud quidem confugere possis, quod plerisque patrocinatur, tamquam minus obnoxium sit offendere poetarum quam oratorum studium. Effervescit enim vis pulcherrimae naturae tuae, nec pro amico aliquo, sed, quod periculosius est, pro Catone offendis. Nec excusatur offensa necessitudine officii aut fide advocationis aut fortuitae et subitae dictionis impetu: meditatus videris [aut] elegisse personam notabilem et cum auctoritate dicturam. Sentio quid responderi possit: hinc ingentis [ex his] adsensus, haec in ipsis auditoriis praecipue laudari et mox omnium sermonibus ferri. Tolle igitur quietis et securitatis excusationem, cum tibi sumas adversarium superiorem. Nobis satis sit privatas et nostri saeculi controversias tueri, in quibus [expressis] si quando necesse sit pro periclitante amico potentiorum aures offendere, et probata sit fides et libertas excusata."

[11]

Quae cum dixisset Aper acrius, ut solebat, et intento ore, remissus et subridens Maternus "parantem" inquit "me non minus diu accusare oratores quam Aper laudaverat (fore enim arbitrabar ut a laudatione eorum digressus detrectaret poetas atque carminum studium prosterneret) arte quadam mitigavit, concedendo iis, qui causas agere non possent, ut versus facerent. Ego autem sicut in causis agendis efficere aliquid et eniti fortasse possum, ita recitatione tragoediarum et ingredi famam auspicatus sum, cum quidem [imperante] Nerone inprobam et studiorum quoque sacra profanantem Vatinii potentiam fregi, [et] hodie si quid in nobis notitiae ac nominis est, magis arbitror carminum quam orationum gloria partum. ac iam me deiungere a forensi labore constitui, nec comitatus istos et egressus aut frequentiam salutantium concupisco, non magis quam aera et imagines, quae etiam me nolente in domum meam inruperunt. Nam statum cuiusque ac securitatem melius innocentia tuetur quam eloquentia, nec vereor ne mihi umquam verba in senatu nisi pro alterius discrimine facienda sint.

[12]

Nemora vero et luci et secretum ipsum, quod Aper increpabat, tantam mihi adferunt voluptatem, ut inter praecipuos carminum fructus numerem, quod non in strepitu nec sedente ante ostium litigatore nec inter sordes ac lacrimas reorum componuntur, sed secedit animus in loca pura atque innocentia fruiturque sedibus sacris. Haec eloquentiae primordia, haec penetralia; hoc primum habitu cultuque commoda mortalibus in illa casta et nullis contacta vitiis pectora influxit: sic oracula loquebantur. Nam lucrosae huius et sanguinantis eloquentiae usus recens et ex malis moribus natus, atque, ut tu dicebas, Aper, in locum teli repertus. Ceterum felix illud et, ut more nostro loquar, aureum saeculum, et oratorum et criminum inops, poetis et vatibus abundabat, qui bene facta canerent, non qui male admissa defenderent. Nec ullis aut gloria maior aut augustior honor, primum apud deos, quorum proferre responsa et interesse epulis ferebantur, deinde apud illos dis genitos sacrosque reges, inter quos neminem causidicum, sed Orphea ac Linum ac, si introspicere altius velis, ipsum Apollinem accepimus. vel si haec fabulosa nimis et composita videntur, illud certe mihi concedes, Aper, non minorem honorem Homero quam Demostheni apud posteros, nec angustioribus terminis famam Euripidis aut Sophoclis quam Lysiae aut Hyperidis includi. Pluris hodie reperies, qui Ciceronis gloriam quam qui Virgilii detrectent: nec ullus Asinii aut Messallae liber tam inlustris est quam Medea Ovidii aut Varii Thyestes.

[13]

Ac ne fortunam quidem vatum et illud felix contubernium comparare timuerim cum inquieta et anxia oratorum vita. licet illos certamina et pericula sua ad consulatus evexerint, malo securum et quietum Virgilii secessum, in quo tamen neque apud divum Augustum gratia caruit neque apud populum Romanum notitia. Testes Augusti epistulae, testis ipse populus, qui auditis in theatro Virgilii versibus surrexit universus et forte praesentem spectantemque Virgilium veneratus est sic quasi Augustum. Ne nostris quidem temporibus Secundus Pomponius Afro Domitio vel dignitate vitae vel perpetuitate famae cesserit. Nam Crispus iste et Marcellus, ad quorum exempla me vocas, quid habent in hac sua fortuna concupiscendum? Quod timent, an quod timentur? Quod, cum cotidie aliquid rogentur, ii quibus praestant indignantur? Quod adligati omni adulatione nec imperantibus umquam satis servi videntur nec nobis satis liberi? Quae haec summa eorum potentia est? tantum posse liberti solent. Ne vero "dulces," ut Virgilius ait, "Musae," remotum a sollicitudinibus et curis et necessitate cotidie aliquid contra animum faciendi, in illa sacra illosque fontis ferant; nec insanum ultra et lubricum forum famamque pallentem trepidus experiar. Non me fremitus salutantium nec anhelans libertus excitet, nec incertus futuri testamentum pro pignore scribam, nec plus habeam quam quod possim cui velim relinquere; quandoque enim fatalis et meus dies veniet: statuarque tumulo non maestus et atrox, sed hilaris et coronatus, et pro memoria mei nec consulat quisquam nec roget."

[14]

Vixdum finierat Maternus, concitatus et velut instinctus, cum Vipstanus Messalla cubiculum eius ingressus est, suspicatusque ex ipsa intentione singulorum altiorem inter eos esse sermonem, "num parum tempestivus" inquit "interveni secretum consilium et causae alicuius meditationem tractantibus?" "Minime, minime" inquit Secundus, "atque adeo vellem maturius intervenisses; delectasset enim te et Apri nostri accuratissimus sermo, cum Maternum ut omne ingenium ac studium suum ad causas agendas converteret exhortatus est, et Materni pro carminibus suis laeta, utque poetas defendi decebat, audentior et poetarum quam oratorum similior oratio." "Me vero" inquit "[et] sermo iste infinita voluptate adfecisset, atque id ipsum delectat, quod vos, viri optimi et temporum nostrorum oratores, non forensibus tantum negotiis et declamatorio studio ingenia vestra exercetis, sed eius modi etiam disputationes adsumitis, quae et ingenium alunt et eruditionis ac litterarum iucundissimum oblectamentum cum vobis, qui ista disputatis, adferunt, tum etiam iis, ad quorum auris pervenerint. Itaque hercule non minus probari video in te, Secunde, quod Iuli Africani vitam componendo spem hominibus fecisti plurium eius modi librorum, quam in Apro, quod nondum ab scholasticis controversiis recessit et otium suum mavult novorum rhetorum more quam veterum oratorum consumere."

[15]

Tum Aper: "non desinis, Messalla, vetera tantum et antiqua mirari, nostrorum autem temporum studia inridere atque contemnere. Nam hunc tuum sermonem saepe excepi, cum oblitus et tuae et fratris tui eloquentiae neminem hoc tempore oratorem esse contenderes [antiquis], eo, credo, audacius, quod malignitatis opinionem non verebaris, cum eam gloriam, quam tibi alii concedunt, ipse tibi denegares." "Neque illius" inquit "sermonis mei paenitentiam ago, neque aut Secundum aut

Maternum aut te ipsum, Aper, quamquam interdum in contrarium disputes, aliter sentire credo. Ac velim impetratum ab aliquo vestrum ut causas huius infinitae differentiae scrutetur ac reddat, quas mecum ipse plerumque conquiro. Et quod quibusdam solacio est, mihi auget quaestionem, quia video etiam Graecis accidisse ut longius absit [ab] Aeschine et Demosthene Sacerdos ille Nicetes, et si quis alius Ephesum vel Mytilenas concentu scholasticorum et clamoribus quatit, quam Afer aut Africanus aut vos ipsi a Cicerone aut Asinio recessistis."

[16]

"Magnam" inquit Secundus "et dignam tractatu quaestionem movisti. Sed quis eam iustius explicabit quam tu, ad cuius summam eruditionem et praestantissimum ingenium cura quoque et meditatio accessit?" Et Messalla "aperiam" inquit "cogitationes meas, si illud a vobis ante impetravero, ut vos quoque sermonem hunc nostrum adiuvetis." "Pro duobus" inquit Maternus "promitto: nam et ego et Secundus exsequemur eas partis, quas intellexerimus te non tam omisisse quam nobis reliquisse. Aprum enim solere dissentire et tu paulo ante dixisti et ipse satis manifestus est iam dudum in contrarium accingi nec aequo animo perferre hanc nostram pro antiquorum laude concordiam." "Non enim" inquit Aper "inauditum et indefensum saeculum nostrum patiar hac vestra conspiratione damnari: sed hoc primum interrogabo, quos vocetis antiquos, quam oratorum aetatem significatione ista determinetis. Ego enim cum audio antiquos, quosdam veteres et olim natos intellego, ac mihi versantur ante oculos Ulixes ac Nestor, quorum aetas mille fere et trecentis annis saeculum nostrum antecedit: vos autem Demosthenem et Hyperidem profertis, quos satis constat Philippi et Alexandri temporibus floruisse, ita tamen ut utrique superstites essent. Ex quo apparet non multo pluris quam trecentos annos interesse inter nostram et Demosthenis aetatem. Quod spatium temporis si ad infirmitatem corporum nostrorum referas, fortasse longum videatur; si ad naturam saeculorum ac respectum inmensi huius aevi, perquam breve et in proximo est. Nam si, ut Cicero in Hortensio scribit, is est magnus et verus annus, par quo eadem positio caeli siderumque, quae cum maxime est, rursum existet, isque annus horum quos nos vocamus annorum duodecim milia nongentos quinquaginta quattuor complectitur, incipit Demosthenes vester, quem vos veterem et antiquum fingitis, non solum eodem anno quo nos, sed etiam eodem mense extitisse.

[17]

Sed transeo ad Latinos oratores, in quibus non Menenium, ut puto, Agrippam, qui potest videri antiquus, nostrorum temporum disertis anteponere soletis, sed Ciceronem et Caesarem et Caelium et

Calvum et Brutum et Asinium et Messallam: quos quid antiquis potius temporibus adscribatis quam nostris, non video. Nam ut de Cicerone ipso loquar, Hirtio nempe et Pansa consulibus, ut Tiro libertus eius scribit, septimo idus [Decembris] occisus est, quo anno divus Augustus in locum Pansae et Hirtii se et Q. Pedium consules suffecit. Statue sex et quinquaginta annos, quibus mox divus Augustus rem publicam rexit; adice Tiberii tris et viginti, et prope quadriennium Gai, ac bis quaternos denos Claudii et Neronis annos, atque illum Galbae et Othonis et Vitellii longum et unum annum, ac sextam iam felicis huius principatus stationem, qua Vespasianus rem publicam fovet: centum et viginti anni ab interitu Ciceronis in hunc diem colliguntur, unius hominis aetas. Nam ipse ego in Britannia vidi senem, qui se fateretur ei pugnae interfuisse, qua Caesarem inferentem arma Britanniae arcere litoribus et pellere adgressi sunt. Ita si eum, qui armatus C. Caesari restitit, vel captivitas vel voluntas vel fatum aliquod in urbem pertraxisset, aeque idem et Caesarem ipsum et Ciceronem audire potuit et nostris quoque actionibus interesse. Proximo quidem congiario ipsi vidistis plerosque senes, qui se a divo quoque Augusto semel atque iterum accepisse congiarium narrabant. Ex quo colligi potest et Corvinum ab illis et Asinium audiri potuisse; nam Corvinus in medium usque Augusti principatum, Asinius paene ad extremum duravit, ne dividatis saeculum, et antiquos ac veteres vocitetis oratores, quos eorundem hominum aures adgnoscere ac velut coniungere et copulare potuerunt.

[18]

Haec ideo praedixi, ut si qua ex horum oratorum fama gloriaque laus temporibus adquiritur, eam docerem in medio sitam et propiorem nobis quam Servio Galbae aut C. Carboni quosque alios merito antiquos vocaverimus; sunt enim horridi et inpoliti et rudes et informes et quos utinam nulla parte imitatus esset Calvus vester aut Caelius aut ipse Cicero. Agere enim fortius iam et audentius volo, si illud ante praedixero, mutari cum temporibus formas quoque et genera dicendi. Sic Catoni seni comparatus C. Gracchus plenior et uberior, sic Graccho politior et ornatior Crassus, sic utroque distinctior et urbanior et altior Cicero, Cicerone mitior Corvinus et dulcior et in verbis magis elaboratus. Nec quaero quis disertissimus: hoc interim probasse contentus sum, non esse unum eloquentiae vultum, sed in illis quoque quos vocatis antiquos pluris species deprehendi, nec statim deterius esse quod diversum est, vitio autem malignitatis humanae vetera semper in laude, praesentia in fastidio esse. Num dubitamus inventos qui prae Catone Appium Caecum magis mirarentur? satis constat ne Ciceroni quidem obtrectatores defuisse, quibus inflatus et tumens nec satis pressus, sed supra modum exsultans et superfluens et parum Atticus videretur. legistis utique et Calvi et Bruti ad Ciceronem missas epistulas, ex quibus facile est deprehendere Calvum quidem Ciceroni visum exsanguem et aridum, Brutum autem otiosum atque diiunctum; rursusque Ciceronem a Calvo quidem male audisse tamquam solutum et enervem, a Bruto autem, ut ipsius verbis utar, tamquam "fractum atque elumbem." si me interroges, omnes mihi videntur verum dixisse: sed mox ad singulos veniam, nunc mihi cum universis negotium est.

[19]

Nam quatenus antiquorum admiratores hunc velut terminum antiquitatis constituere solent, qui usque ad Cassium * * * * * , quem reum faciunt, quem primum adfirmant flexisse ab illa vetere atqueirecta dicendi via, non infirmitate ingenii nec inscitia litterarum transtulisse se ad aliud dicendi genus contendo, sed iudicio et intellectu. Vidit namque, ut paulo ante dicebam, cum condicione temporum et diversitate aurium formam quoque ac speciem orationis esse mutandam. facile perferebat prior ille populus, ut imperitus et rudis, impeditissimarum orationum spatia, atque id ipsum laudabat, si dicendo quis diem eximeret. Iam vero longa principiorum praeparatio et narrationis alte repetita series et multarum divisionum ostentatio et mille argumentorum gradus, et quidquid aliud aridissimis Hermagorae et Apollodori libris praecipitur, in honore erat; quod si quis odoratus philosophiam videretur et ex ea locum aliquem orationi suae insereret, in caelum laudibus ferebatur. Nec mirum; erant enim haec nova et incognita, et ipsorum quoque oratorum paucissimi praecepta rhetorum aut philosophorum placita cognoverant. At hercule pervulgatis iam omnibus, cum vix in cortina quisquam adsistat, quin elementis studiorum, etsi non instructus, at certe imbutus sit, novis et exquisitis eloquentiae itineribus opus est, per quae orator fastidium aurium effugiat, utique apud eos iudices, qui vi et potestate, non iure et legibus cognoscunt, nec accipiunt tempora, sed constituunt, nec exspectandum habent oratorem, dum illi libeat de ipso negotio dicere, sed saepe ultro admonent atque alio transgredientem revocant et festinare se testantur.

[20]

Quis nunc feret oratorem de infirmitate valetudinis suae praefantem? Qualia sunt fere principia Corvini. Quis quinque in Verrem libros exspectabit? Quis de exceptione et formula perpetietur illa inmensa volumina, quae pro M. Tullio aut Aulo Caecina legimus? Praecurrit hoc tempore iudex dicentem et, nisi aut cursu argumentorum aut colore sententiarum aut nitore et cultu descriptionum invitatus et corruptus est, aversatur [dicentem]. Vulgus quoque adsistentium et adfluens et vagus auditor adsuevit iam exigere laetitiam et pulchritudinem orationis; nec magis perfert in iudiciis tristem et impexam antiquitatem quam si quis in scaena Roscii aut Turpionis Ambivii exprimere gestus velit. Iam vero iuvenes et in ipsa studiorum incude positi, qui profectus sui causa oratores sectantur, non solum audire, sed etiam referre domum aliquid inlustre et dignum memoria volunt; traduntque in vicem ac saepe in colonias ac provincias suas scribunt, sive sensus aliquis arguta et brevi sententia effulsit, sive locus exquisito et poetico cultu enituit. Exigitur enim iam ab oratore etiam poeticus decor, non Accii aut Pacuvii veterno inquinatus, sed ex Horatii et Virgilii et Lucani sacrario prolatus. Horum igitur auribus et iudiciis obtemperans nostrorum oratorum aetas pulchrior et ornatior extitit. Neque ideo minus efficaces sunt orationes nostrae, quia ad auris iudicantium cum voluptate perveniunt. Quid enim, si infirmiora horum temporum templa credas, quia non rudi caemento et informibus tegulis exstruuntur, sed marmore nitent et auro radiantur?

[21]

Equidem fatebor vobis simpliciter me in quibusdam antiquorum vix risum, in quibusdam autem vix somnum tenere. Nec unum de populo Canuti aut Atti . . . de Furnio et Toranio quique alios in eodem valetudinario haec ossa et hanc maciem probant: ipse mihi Calvus, cum unum et viginti, utpar puto, libros reliquerit, vix in una et altera oratiuncula satis facit. Nec dissentire ceteros ab hoc meo iudicio video: quotus enim quisque Calvi in Asitium aut in Drusum legit? At hercule in omnium studiosorum manibus versantur accusationes quae in Vatinium inscribuntur, ac praecipue secunda ex his oratio; est enim verbis ornata et sententiis, auribus iudicum accommodata, ut scias ipsum quoque Calvum intellexisse quid melius esset, nec voluntatem ei, quo [minus] sublimius et cultius diceret, sed ingenium ac vires defuisse. Quid? Ex Caelianis orationibus nempe eae placent, sive universae sive partes earum, in quibus nitorem et altitudinem horum temporum adgnoscimus. Sordes autem illae verborum et hians compositio et inconditi sensus redolent antiquitatem; nec quemquam adeo antiquarium puto, ut Caelium ex ea parte laudet qua antiquus est. Concedamus sane C. Caesari, ut propter magnitudinem cogitationum et occupationes rerum minus in eloquentia effecerit, quam divinum eius ingenium postulabat, tam hercule quam Brutum philosophiae suae relinquamus; nam in orationibus minorem esse fama sua etiam admiratores eius fatentur: nisi forte quisquam aut Caesaris pro Decio Samnite aut Bruti pro Deiotaro rege ceterosque eiusdem lentitudinis ac teporis libros legit, nisi qui et carmina eorundem miratur. fecerunt enim et carmina et in bibliothecas rettulerunt, non melius quam Cicero, sed felicius, quia illos fecisse pauciores sciunt. Asinius quoque, quamquam propioribus temporibus natus sit, videtur mihi inter Menenios et Appios studuisse. Pacuvium certe et Accium non solum tragoediis sed etiam orationibus suis expressit; adeo durus et siccus est. Oratio autem, sicut corpus hominis, ea demum pulchra est, in qua non eminent venae nec ossa numerantur, sed temperatus ac bonus sanguis implet membra et exsurgit toris ipsosque nervos rubor tegit et decor commendat. Nolo Corvinum insequi, quia nec per ipsum stetit quo minus laetitiam nitoremque

nostrorum temporum exprimeret, videmus enim
quam iudicio eius vis aut animi aut ingenii suffecerit.

[22]

Ad Ciceronem venio, cui eadem pugna cum
aequalibus suis fuit, quae mihi vobiscum est. Illi
enim antiquos mirabantur, ipse suorum temporum
eloquentiam anteponebat; nec ulla re magis eiusdem
aetatis oratores praecurrit quam iudicio. primus
enim excoluit orationem, primus et verbis dilectum
adhibuit et compositioni artem, locos quoque
laetiores attentavit et quasdam sententias invenit,
utique in iis orationibus, quas senior iam et iuxta
finem vitae composuit, id est, postquam magis
profecerat usuque et experimentis didicerat quod
optimum dicendi genus esset. Nam priores eius
orationes non carent vitiis antiquitatis: lentus est in
principiis, longus in narrationibus, otiosus circa
excessus; tarde commovetur, raro incalescit; pauci
sensus apte et cum quodam lumine terminantur.
Nihil excerpere, nihil referre possis, et velut in rudi
aedificio, firmus sane paries et duraturus, sed non
satis expolitus et splendens. Ego autem oratorem,
sicut locupletem ac lautum patrem familiae, non eo
tantum volo tecto tegi quod imbrem ac ventum
arceat, sed etiam quod visum et oculos delectet; non
ea solum instrui supellectile quae necessariis usibus
sufficiat, sed sit in apparatu eius et aurum et
gemmae, ut sumere in manus et aspicere saepius
libeat. Quaedam vero procul arceantur ut iam

oblitterata et olentia: nullum sit verbum velut rubigine infectum, nulli sensus tarda et inerti structura in morem annalium componantur; fugitet foedam et insulsam scurrilitatem, variet compositionem, nec omnis clausulas uno et eodem modo determinet.

[23]

Nolo inridere "rotam Fortunae" et "ius verrinum" et illud tertio quoque sensu in omnibus orationibus pro sententia positum "esse videatur." nam et haec invitus rettuli et plura omisi, quae tamen sola mirantur atque exprimunt ii, qui se antiquos oratores vocitant. Neminem nominabo, genus hominum significasse contentus; sed vobis utique versantur ante oculos isti, qui Lucilium pro Horatio et Lucretium pro Virgilio legunt, quibus eloquentia Aufidii Bassi aut Servilii Noniani ex comparatione Sisennae aut Varronis sordet, qui rhetorum nostrorum commentarios fastidiunt, oderunt, Calvi mirantur. Quos more prisco apud iudicem fabulantis non auditores sequuntur, non populus audit, vix denique litigator perpetitur: adeo maesti et inculti illam ipsam, quam iactant, sanitatem non firmitate, sed ieiunio consequuntur. porro ne in corpore quidem valetudinem medici probant quae animi anxietate contingit; parum est aegrum non esse: fortem et laetum et alacrem volo. prope abest ab infirmitate, in quo sola sanitas laudatur. Vos vero, [viri] disertissimi, ut potestis, ut facitis, inlustrate saeculum nostrum pulcherrimo genere dicendi. Nam et te, Messalla, video laetissima quaeque antiquorum imitantem, et vos, Materne ac Secunde, ita gravitati sensuum nitorem et cultum verborum miscetis, ea electio inventionis, is ordo rerum, ea, quotiens causa poscit, ubertas, ea, quotiens permittit, brevitas, is compositionis decor, ea sententiarum planitas est, sic exprimitis adfectus, sic libertatem temperatis, ut etiam si nostra iudicia malignitas et invidia tardaverit, verum de vobis dicturi sint posteri nostri."

[24]

Quae cum Aper dixisset, "adgnoscitisne" inquit Maternus "vim et ardorem Apri nostri? Quo torrente, quo impetu saeculum nostrum defendit! Quam copiose ac varie vexavit antiquos! Quanto non solum ingenio ac spiritu, sed etiam eruditione et arte ab ipsis mutuatus est per quae mox ipsos incesseret! Tuum tamen, Messalla, promissum immutasse non debet. Neque enim defensorem antiquorum exigimus, nec quemquam nostrum, quamquam modo laudati sumus, iis quos insectatus est Aper comparamus. Ac ne ipse quidem ita sentit, sed more vetere et a nostris philosophis saepe celebrato sumpsit sibi contra dicendi partis. Igitur exprome nobis non laudationem antiquorum (satis enim illos fama sua laudat), sed causas cur in tantum ab eloquentia eorum recesserimus, cum praesertim centum et viginti annos ab interitu Ciceronis in hunc diem effici ratio temporum collegerit."

[25]

Tum Messalla: "sequar praescriptam a te, Materne, formam; neque enim diu contra dicendum est Apro, qui primum, ut opinor, nominis controversiam movit, tamquam parum proprie antiqui vocarentur, quos satis constat ante centum annos fuisse. Nihi autem de vocabulo pugna non est; sive illos antiquos sive maiores sive quo alio mavult nomine appellet, dum modo in confesso sit eminentiorem illorum temporum eloquentiam fuisse; ne illi quidem parti sermonis eius repugno, si comminus fatetur pluris formas dicendi etiam isdem saeculis, nedum diversis extitisse. Sed quo modo inter Atticos oratores primae Demostheni tribuuntur, proximum [autem] locum Aeschines et Hyperides et Lysias et Lycurgus obtinent, omnium autem concessu haec oratorum aetas maxime probatur, sic apud nos Cicero quidem ceteros eorundem temporum disertos antecessit, Calvus autem et Asinius et Caesar et Caelius et Brutus iure et prioribus et sequentibus anteponuntur. Nec refert quod inter se specie differunt, cum genere consentiant. Adstrictior Calvus, numerosior Asinius, splendidior Caesar, amarior Caelius, gravior Brutus, vehementior et plenior et valentior Cicero: omnes tamen eandem sanitatem eloquentiae [prae se] ferunt, ut si omnium pariter libros in manum sumpseris, scias, quamvis in diversis ingeniis, esse quandam iudicii ac voluntatis similitudinem et cognationem. Nam quod invicem se obtrectaverunt et sunt aliqua epistulis eorum inserta, ex quibus mutua malignitas detegitur, non est oratorum vitium, sed hominum. Nam et Calvum et Asinium et ipsum Ciceronem credo solitos et invidere et livere et ceteris humanae infirmitatis vitiis adfici: solum inter hos arbitror Brutum non malignitate nec invidia, sed simpliciter et ingenue iudicium animi sui detexisse. An ille Ciceroni invideret, qui mihi videtur ne Caesari quidem invidisse? Quod ad Servium Galbam et C. Laelium attinet, et si quos alios antiquiorum [Aper] agitare non destitit, non exigit defensorem, cum fatear quaedam eloquentiae eorum ut nascenti adhuc nec satis adultae defuisse.

[26]

Ceterum si omisso optimo illo et perfectissimo genere eloquentiae eligenda sit forma dicendi, malim hercule C. Gracchi impetum aut L. Crassi maturitatem quam calamistros Maecenatis aut tinnitus Gallionis: adeo melius est orationem vel hirta toga induere quam fucatis et meretriciis vestibus insignire. Neque enim oratorius iste, immo hercule ne virilis quidem cultus est, quo plerique temporum nostrorum actores ita utuntur, ut lascivia verborum et levitate sententiarum et licentia compositionis histrionalis modos exprimant. Quodque vix auditu fas esse debeat, laudis et gloriae et ingenii loco plerique iactant cantari saltarique commentarios suos. unde oritur illa foeda et praepostera, sed tamen frequens [sicut his clam et] exclamatio, ut oratores nostri tenere dicere, histriones diserte saltare dicantur. Equidem non negaverim Cassium Severum, quem solum Aper noster nominare ausus est, si iis comparetur, qui postea fuerunt, posse oratorem vocari, quamquam in magna parte librorum suorum plus bilis habeat quam sanguinis. primus enim contempto ordine rerum, omissa modestia ac pudore verborum, ipsis etiam quibus utitur armis incompositus et studio feriendi plerumque deiectus, non pugnat, sed rixatur. Ceterum, ut dixi, sequentibus comparatus et varietate eruditionis et lepore urbanitatis et ipsarum virium robore multum ceteros superat, quorum neminem Aper nominare et velut in aciem educere sustinuit. Ego autem exspectabam, ut incusato Asinio et Caelio et Calvo aliud nobis agmen produceret, plurisque vel certe totidem nominaret, ex quibus alium Ciceroni, alium Caesari, singulis deinde singulos opponeremus. Nunc detrectasse nominatim antiquos oratores contentus neminem sequentium laudare ausus est nisi in publicum et in commune, veritus credo, ne multos offenderet, si paucos excerpsisset. Quotus enim quisque scholasticorum non hac sua persuasione fruitur, ut se ante Ciceronem numeret, sed plane post Gabinianum? At ego non verebor nominare singulos, quo facilius propositis exemplis appareat, quibus gradibus fracta sit et deminuta eloquentia."

[27]

"At parce" inquit Maternus "et potius exsolve promissum. Neque enim hoc colligi desideramus, disertiores esse antiquos, quod apud me quidem in confesso est, sed causas exquirimus, quas te solitum tractare [dixisti], paulo ante plane mitior et eloquentiae temporum nostrorum minus iratus, antequam te Aper offenderet maiores tuos lacessendo." "Non sum" inquit "offensus Apri mei disputatione, nec vos offendi decebit, si quid forte auris vestras perstringat, cum sciatis hanc esse eius modi sermonum legem, iudicium animi citra damnum adfectus proferre." "Perge" inquit Maternus "et cum de antiquis loquaris, utere antiqua libertate, a qua vel magis degeneravimus quam ab eloquentia."

[28]

Et Messalla "non reconditas, Materne, causas requiris, nec aut tibi ipsi aut huic Secundo vel huic Apro ignotas, etiam si mihi partis adsignatis proferendi in medium quae omnes sentimus. Quis enim ignorat et eloquentiam et ceteras artis descivisse ab illa vetere gloria non inopia hominum, sed desidia iuventutis et neglegentia parentum et inscientia praecipientium et oblivione moris antiqui? Quae mala primum in urbe nata, mox per Italiam fusa, iam in provincias manant. Quamquam vestra vobis notiora sunt: ego de urbe et his propriis ac vernaculis vitiis loquar, quae natos statim excipiunt et per singulos aetatis gradus cumulantur, si prius de severitate ac disciplina maiorum circa educandos formandosque liberos pauca praedixero. Nam pridem suus cuique filius, ex casta parente natus, non in cellula emptae nutricis, sed gremio ac sinu matris educabatur, cuius praecipua laus erat tueri domum et inservire liberis. Eligebatur autem maior aliqua natu propinqua, cuius probatis spectatisque moribus omnis eiusdem familiae suboles committeretur; coram qua neque dicere fas erat quod turpe dictu, neque facere quod inhonestum factu videretur. Ac non studia modo curasque, sed remissiones etiam lususque puerorum sanctitate quadam ac verecundia temperabat. Sic Corneliam Gracchorum, sic Aureliam Caesaris, sic Atiam Augusti [matrem] praefuisse educationibus ac produxisse principes liberos accepimus. Quae disciplina ac severitas eo pertinebat, ut sincera et integra et nullis pravitatibus detorta unius cuiusque natura toto statim pectore arriperet artis honestas, et sive ad rem militarem sive ad iuris scientiam sive ad eloquentiae studium inclinasset, id solum ageret, id universum hauriret.

[29]

At nunc natus infans delegatur Graeculae alicui ancillae, cui adiungitur unus aut alter ex omnibus servis, plerumque vilissimus nec cuiquam serio ministerio adcommodatus. Horum fabulis et erroribus [et] virides [teneri] statim et rudes animi imbuuntur; nec quisquam in tota domo pensi habet, quid coram infante domino aut dicat aut faciat. Quin etiam ipsi parentes non probitati neque modestiae parvulos adsuefaciunt, sed lasciviae et dicacitati, per quae paulatim impudentia inrepit et sui alienique contemptus. Iam vero propria et peculiaria huius urbis vitia paene in utero matris concipi mihi videntur, histrionalis favor et gladiatorum equorumque studia: quibus occupatus et obsessus animus quantulum loci bonis artibus relinquit? Quotum quemque invenies qui domi quicquam aliud loquatur? Quos alios adulescentulorum sermones excipimus, si quando auditoria intravimus? Ne praeceptores quidem ullas crebriores cum auditoribus suis fabulas habent; colligunt enim discipulos non severitate disciplinae nec ingenii experimento, sed ambitione salutationum et inlecebris adulationis.

[30]

Transeo prima discentium elementa, in quibus et ipsis parum laboratur: nec in auctoribus cognoscendis nec in evolvenda antiquitate nec in notitiam vel rerum vel hominum vel temporum satis operae insumitur. Sed expetuntur quos rhetoras vocant; quorum professio quando primum in hanc urbem introducta sit quamque nullam apud maiores nostros auctoritatem habuerit, statim dicturus referam necesse est animum ad eam disciplinam, qua usos esse eos oratores accepimus, quorum infinitus labor et cotidiana meditatio et in omni genere studiorum assiduae exercitationes ipsorum etiam continentur libris. Notus est vobis utique Ciceronis liber, qui Brutus inscribitur, in cuius extrema parte (nam prior commemorationem veterum oratorum habet) sua initia, suos gradus, suae eloquentiae velut quandam educationem refert: se apud Q. Nucium ius civile didicisse, apud Philonem Academicum, apud Diodotum Stoicum omnis philosophiae partis penitus hausisse; neque iis doctoribus contentum, quorum ei copia in urbe contigerat, Achaiam quoque et Asiam peragrasse, ut omnem omnium artium varietatem complecteretur. Itaque hercule in libris Ciceronis deprehendere licet, non geometriae, non musicae, non grammaticae, non denique ullius ingenuae artis scientiam ei defuisse. Ille dialecticae subtilitatem, ille moralis partis utilitatem, ille rerum motus causasque cognoverat. Ita est enim, optimi viri, ita: ex multa eruditione et plurimis artibus et omnium rerum scientia exundat et exuberat illa admirabilis eloquentia; neque oratoris vis et facultas, sicut ceterarum rerum, angustis et brevibus terminis cluditur, sed is est orator, qui de omni quaestione pulchre et ornate et ad persuadendum apte dicere pro dignitate rerum, ad utilitatem temporum, cum voluptate audientium possit.

[31]

Hoc sibi illi veteres persuaserant, ad hoc efficiendum intellegebant opus esse, non ut in rhetorum scholis declamarent, nec ut fictis nec ullo modo ad veritatem accedentibus controversiis linguam modo et vocem exercerent, sed ut iis artibus pectus implerent, in quibus de bonis et malis, de honesto et turpi, de iusto et iniusto disputatur; haec enim est oratori subiecta ad dicendum materia. Nam in iudiciis fere de aequitate, in deliberationibus [de utilitate, in laudationibus] de honestate disserimus, ita [tamen] ut plerumque haec ipsa in vicem misceantur: de quibus copiose et varie et ornate nemo dicere potest, nisi qui cognovit naturam humanam et vim virtutum pravitatemque vitiorum et intellectum eorum, quae nec in virtutibus nec in vitiis numerantur. Ex his fontibus etiam illa profluunt, ut facilius iram iudicis vel instiget vel leniat, qui scit quid ira, promptius ad miserationem impellat, qui scit quid sit misericordia et quibus animi motibus concitetur. In his artibus exercitationibusque versatus orator, sive apud infestos sive apud cupidos sive apud invidentis sive apud tristis sive apud timentis dicendum habuerit, tenebit venas animorum, et prout cuiusque natura postulabit, adhibebit manum et temperabit orationem, parato omni instrumento et ad omnem usum reposito. sunt apud quos adstrictum et collectum et singula statim argumenta concludens dicendi genus plus fidei meretur: apud hos dedisse operam dialecticae proficiet. Alios fusa et aequalis et ex communibus ducta sensibus oratio magis delectat:

ad hos permovendos mutuabimur a Peripateticis aptos et in omnem disputationem paratos iam locos. dabunt Academici pugnacitatem, Plato altitudinem, Xenophon iucunditatem; ne Epicuri quidem et Metrodori honestas quasdam exclamationes adsumere iisque, prout res poscit, uti alienum erit oratori. Neque enim sapientem informamus neque Stoicorum comitem, sed eum qui quasdam artis haurire, omnes libare debet. Ideoque et iuris civilis scientiam veteres oratores comprehendebant, et grammatica musica geometria imbuebantur. Incidunt enim causae, plurimae quidem ac paene omnes, quibus iuris notitia desideratur, pleraeque autem, in quibus haec quoque scientia requiritur.

[32]

Nec quisquam respondeat sufficere, ut ad tempus simplex quiddam et uniforme doceamur. primum enim aliter utimur propriis, aliter commodatis, longeque interesse manifestum est, possideat quis quae profert an mutuetur. deinde ipsa multarum artium scientia etiam aliud agentis nos ornat, atque ubi minime credas, eminet et excellit. Idque non doctus modo et prudens auditor, sed etiam populus intellegit ac statim ita laude prosequitur, ut legitime studuisse, ut per omnis eloquentiae numeros isse, ut denique oratorem esse fateatur; quem non posse aliter existere nec extitisse umquam confirmo, nisi eum qui, tamquam in aciem omnibus armis instructus, sic in forum omnibus artibus armatus exierit. Quod adeo neglegitur ab horum temporum disertis, ut in actionibus eorum huius quoque cotidiani sermonis foeda ac pudenda vitia deprehendantur; ut ignorent leges, non teneant senatus consulta, ius [huius] civitatis ultro derideant, sapientiae vero studium et praecepta prudentium penitus reformident. In paucissimos sensus et angustas sententias detrudunt eloquentiam velut expulsam regno suo, ut quae olim omnium artium domina pulcherrimo comitatu pectora implebat, nunc circumcisa et amputata, sine apparatu, sine honore, paene dixerim sine ingenuitate, quasi una ex sordidissimis artificiis discatur. Ergo hanc primam et praecipuam causam arbitror, cur in tantum ab eloquentia antiquorum oratorum recesserimus. Si testes desiderantur, quos potiores nominabo quam apud Graecos Demosthenem, quem studiosissimum Platonis auditorem fuisse memoriae proditum est? Et Cicero his, ut opinor, verbis refert, quidquid in eloquentia effecerit, id se non rhetorum [officinis], sed Academiae spatiis consecutum. Sunt aliae causae, magnae et graves, quas vobis aperiri aequum est, quoniam quidem ego iam meum munus explevi, et quod mihi in consuetudine est, satis multos offendi, quos, si forte haec audierint, certum habeo dicturos me, dum iuris et philosophiae scientiam tamquam oratori necessariam laudo, ineptiis meis plausisse."

[33]

Et Maternus "mihi quidem" inquit "susceptum a te munus adeo peregisse nondum videris, ut incohasse tantum et velut vestigia ac liniamenta quaedam ostendisse videaris. Nam quibus [artibus] instrui veteres oratores soliti sint, dixisti differentiamque nostrae desidiae et inscientiae adversus acerrima et fecundissima eorum studia demonstrasti: cetera exspecto, ut quem ad modum ex te didici, quid aut illi scierint aut nos nesciamus, ita hoc quoque cognoscam, quibus exercitationibus iuvenes iam et forum ingressuri confirmare et alere ingenia sua soliti sint. Neque enim solum arte et scientia, sed longe magis facultate et [usu] eloquentiam contineri, nec tu puto abnues et hi significare vultu videntur." Deinde cum Aper quoque et Secundus idem adnuissent, Messalla quasi rursus incipiens: "quoniam initia et semina veteris eloquentiae satis demonstrasse videor, docendo quibus artibus antiqui oratores institui erudirique soliti sint, persequar nunc exercitationes eorum. Quamquam ipsis artibus inest exercitatio, nec quisquam percipere tot tam reconditas tam varias res potest, nisi ut scientiae meditatio, meditationi facultas, facultati usus eloquentiae accedat. per quae colligitur eandem esse rationem et percipiendi quae proferas et proferendi quae perceperis. Sed si cui obscuriora haec videntur isque scientiam ab exercitatione separat, illud certe concedet, instructum et plenum his artibus animum longe paratiorem ad eas exercitationes venturum, quae propriae esse oratorum videntur.

[34]

Ergo apud maiores nostros iuvenis ille, qui foro et eloquentiae parabatur, imbutus iam domestica disciplina, refertus honestis studiis deducebatur a patre vel a propinquis ad eum oratorem, qui principem in civitate locum obtinebat. Hunc sectari, hunc prosequi, huius omnibus dictionibus interesse sive in iudiciis sive in contionibus adsuescebat, ita ut altercationes quoque exciperet et iurgiis interesset utque sic dixerim, pugnare in proelio disceret. Magnus ex hoc usus, multum constantiae, plurimum iudicii iuvenibus statim contingebat, in media luce studentibus atque inter ipsa discrimina, ubi nemo inpune stulte aliquid aut contrarie dicit, quo minus et iudex respuat et adversarius exprobret, ipsi denique advocati aspernentur. Igitur vera statim et incorrupta eloquentia imbuebantur; et quamquam unum sequerentur, tamen omnis eiusdem aetatis patronos in plurimis et causis et iudiciis cognoscebant; habebantque ipsius populi diversissimarum aurium copiam, ex qua facile deprehenderent, quid in quoque vel probaretur vel displiceret. Ita nec praeceptor deerat, optimus quidem et electissimus, qui faciem eloquentiae, non imaginem praestaret, nec adversarii et aemuli ferro, non rudibus dimicantes, nec auditorium semper plenum, semper novum, ex invidis et faventibus, ut nec bene [nec male] dicta dissimularentur. Scitis enim magnam illam et duraturam eloquentiae famam non minus in diversis subselliis parari quam suis; inde quin immo constantius surgere, ibi fidelius corroborari. Atque hercule sub eius modi praeceptoribus iuvenis ille, de quo loquimur, oratorum discipulus, fori auditor, sectator iudiciorum, eruditus et adsuefactus alienis experimentis, cui cotidie audienti notae leges, non novi iudicum vultus, frequens in oculis consuetudo contionum, saepe cognitae populi aures, sive accusationem susceperat sive defensionem, solus statim et unus cuicumque causae par erat. Nono decimo aetatis anno L. Crassus C. Carbonem, unoetvicesimo Caesar Dolabellam, altero et vicesimo Asinius Pollio C. Catonem, non multum aetate antecedens Calvus Vatinium iis orationibus insecuti sunt, quas hodieque cum admiratione legimus.

[35]

At nunc adulescentuli nostri deducuntur in scholas istorum, qui rhetores vocantur, quos paulo ante Ciceronis tempora extitisse nec placuisse maioribus nostris ex eo manifestum est, quod a Crasso et Domitio censoribus claudere, ut ait Cicero, "ludum impudentiae" iussi sunt. Sed ut dicere institueram, deducuntur in scholas, [in] quibus non facile dixerim utrumne locus ipse an condiscipuli an genus studiorum plus mali ingeniis adferant. Nam in loco nihil reverentiae est, in quem nemo nisi aeque imperitus intret; in condiscipulis nihil profectus, cum pueri inter pueros et adulescentuli inter adulescentulos pari securitate et dicant et audiantur; ipsae vero exercitationes magna ex parte contrariae. Nempe enim duo genera materiarum apud rhetoras tractantur, suasoriae et controversiae. Ex his suasoriae quidem etsi tamquam plane leviores et minus prudentiae exigentes pueris delegantur, controversiae robustioribus adsignantur, — quales, per fidem, et quam incredibiliter compositae! sequitur autem, ut materiae abhorrenti a veritate declamatio quoque adhibeatur. Sic fit ut tyrannicidarum praemia aut vitiatarum electiones aut pestilentiae remedia aut incesta matrum aut quidquid in schola cotidie agitur, in foro vel raro vel numquam, ingentibus verbis persequantur: cum ad veros iudices ventum . . .

[36]

. . . rem cogitant; nihil humile, nihil abiectum eloqui poterat. Magna eloquentia, sicut flamma, materia alitur et motibus excitatur et urendo clarescit. Eadem ratio in nostra quoque civitate antiquorum eloquentiam provexit. Nam etsi horum quoque temporum oratores ea consecuti sunt, quae composita et quieta et beata re publica tribui fas erat, tamen illa perturbatione ac licentia plura sibi adsequi videbantur, cum mixtis omnibus et moderatore uno carentibus tantum quisque orator saperet, quantum erranti populo persuaderi poterat. Hinc leges assiduae et populare nomen, hinc contiones magistratuum paene pernoctantium in rostris, hinc accusationes potentium reorum et adsignatae etiam domibus inimicitiae, hinc procerum factiones et assidua senatus adversus plebem certamina. Quae singula etsi distrahebant rem publicam, exercebant tamen illorum temporum eloquentiam et magnis cumulare praemiis videbantur, quia quanto quisque plus dicendo poterat, tanto facilius honores adsequebatur, tanto magis in ipsis honoribus collegas suos anteibat, tanto plus apud principes gratiae, plus auctoritatis apud patres, plus notitiae ac nominis apud plebem parabat. Hi clientelis etiam exterarum nationum redundabant, hos ituri in provincias magistratus reverebantur, hos reversi colebant, hos et praeturae et consulatus vocare ultro videbantur, hi ne privati quidem sine potestate erant, cum et populum et senatum consilio et auctoritate regerent. Quin immo sibi ipsi persuaserant neminem sine eloquentia aut adsequi posse in civitate aut tueri conspicuum et eminentem locum. Nec mirum, cum etiam inviti ad populum producerentur, cum parum esset in senatu breviter censere, nisi qui ingenio et eloquentia sententiam suam tueretur, cum in aliquam invidiam aut crimen vocati sua voce respondendum haberent, cum testimonia quoque in publicis [iudiciis] non absentes nec per tabellam dare, sed coram et praesentes dicere cogerentur. Ita ad summa eloquentiae praemia magna etiam necessitas accedebat, et quo modo disertum haberi pulchrum et gloriosum, sic contra mutum et elinguem videri deforme habebatur.

[37]

Ergo non minus rubore quam praemiis stimulabantur, ne clientulorum loco potius quam patronorum numerarentur, ne traditae a maioribus necessitudines ad alios transirent, ne tamquam inertes et non suffecturi honoribus aut non impetrarent aut impetratos male tuerentur. Nescio an venerint in manus vestras haec vetera, quae et in antiquariorum bibliothecis adhuc manent et cum maxime a Muciano contrahuntur, ac iam undecim, ut opinor, Actorum libris et tribus Epistularum composita et edita sunt. Ex his intellegi potest Cn. Pompeium et M. Crassum non viribus modo et armis, sed ingenio quoque et oratione valuisse; Lentulos et Metellos et Lucullos et Curiones et ceteram procerum manum multum in his studiis operae curaeque posuisse, nec quemquam illis temporibus magnam potentiam sine aliqua eloquentia consecutum. His accedebat splendor reorum et magnitudo causarum, quae et ipsa plurimum eloquentiae praestant. Nam multum interest, utrumne de furto aut formula et interdicto dicendum habeas, an de ambitu comitiorum, expilatis sociis et civibus trucidatis. Quae mala sicut non accidere melius est isque optimus civitatis status habendus est, in quo nihil tale patimur, ita cum acciderent, ingentem eloquentiae materiam subministrabant. Crescit enim cum amplitudine rerum vis ingenii, nec quisquam claram et inlustrem orationem efficere potest nisi qui causam parem invenit. Non, opinor, Demosthenem orationes inlustrant, quas adversus tutores suos composuit, nec Ciceronem magnum oratorem P. Quintius defensus aut Licinius Archias faciunt: Catilina et Milo et Verres et Antonius hanc illi famam circumdederunt, non quia tanti fuerit rei publicae malos ferre cives, ut uberem ad dicendum materiam oratores haberent, sed, ut subinde admoneo, quaestionis meminerimus sciamusque nos de ea re loqui, quae facilius turbidis et inquietis temporibus existit. Quis ignorat utilius ac melius esse frui pace quam bello vexari? Pluris tamen bonos proeliatores bella quam pax ferunt. Similis eloquentiae condicio. Nam quo saepius steterit tamquam in acie quoque pluris et intulerit ictus et exceperit quoque maiores adversarios acrioresque pugnas sibi ipsa desumpserit, tanto altior et excelsior et illis nobilitata discriminibus in ore hominum agit, quorum ea natura est, ut secura velint, [periculosa mirentur].

[38]

Transeo ad formam et consuetudinem veterum iudiciorum. Quae etsi nunc aptior est [ita erit], eloquentiam tamen illud forum magis exercebat, in quo nemo intra paucissimas horas perorare cogebatur et liberae comperendinationes erant et modum in dicendo sibi quisque sumebat et numerus neque dierum neque patronorum finiebatur. primus haec tertio consulatu Cn. Pompeius adstrinxit imposuitque veluti frenos eloquentiae, ita tamen ut omnia in foro, omnia legibus, omnia apud praetores gererentur: apud quos quanto maiora negotia olim exerceri solita sint, quod maius argumentum est quam quod causae centumvirales, quae nunc primum obtinent locum, adeo splendore aliorum iudiciorum obruebantur, ut neque Ciceronis neque Caesaris neque Bruti neque Caelii neque Calvi, non denique ullius magni oratoris liber apud centumviros dictus legatur, exceptis orationibus Asinii, quae pro heredibus Urbiniae inscribuntur, ab ipso tamen Pollione mediis divi Augusti temporibus habitae, postquam longa temporum quies et continuum populi otium et assidua senatus tranquillitas et maxime principis disciplina ipsam quoque eloquentiam sicut omnia alia pacaverat.

[39]

Parvum et ridiculum fortasse videbitur quod dicturus sum, dicam tamen, vel ideo ut rideatur. Quantum humilitatis putamus eloquentiae attulisse paenulas istas, quibus adstricti et velut inclusi cum iudicibus fabulamur? Quantum virium detraxisse orationi auditoria et tabularia credimus, in quibus iam fere plurimae causae explicantur? Nam quo modo nobilis equos cursus et spatia probant, sic est aliquis oratorum campus, per quem nisi liberi et soluti ferantur, debilitatur ac frangitur eloquentia. Ipsam quin immo curam et diligentis stili anxietatem contrariam experimur, quia saepe interrogat iudex, quando incipias, et ex interrogatione eius incipiendum est. frequenter probationibus et testibus silentium + patronus + indicit. unus inter haec dicenti aut alter adsistit, et res velut in solitudine agitur. Oratori autem clamore plausuque opus est et velut quodam theatro; qualia cotidie antiquis oratoribus contingebant, cum tot pariter ac tam nobiles forum coartarent, cum clientelae quoque ac tribus et municipiorum etiam legationes ac pars Italiae periclitantibus adsisteret, cum in plerisque iudiciis crederet populus Romanus sua interesse quid iudicaretur. Satis constat C. Cornelium et M. Scaurum et T. Nilonem et L. Bestiam et P. Vatinium concursu totius civitatis et accusatos et defensos, ut frigidissimos quoque oratores ipsa certantis populi studia excitare et incendere potuerint. Itaque hercule eius modi libri extant, ut ipsi quoque qui egerunt non aliis magis orationibus censeantur.

[40]

Iam vero contiones assiduae et datum ius potentissimum quemque vexandi atque ipsa inimicitiarum gloria, cum se plurimi disertorum ne a Publio quidem Scipione aut [L.] Sulla aut Cn. Pompeio abstinerent, et ad incessendos principes viros, ut est natura invidiae, populi quoque ut histriones auribus uterentur, quantum ardorem ingeniis, quas oratoribus faces admovebant. Non de otiosa et quieta re loquimur et quae probitate et modestia gaudeat, sed est magna illa et notabilis eloquentia alumna licentiae, quam stulti libertatem vocitant, comes seditionum, effrenati populi incitamentum, sine obsequio, sine severitate, contumax, temeraria, adrogans, quae in bene constitutis civitatibus non oritur. Quem enim oratorem Lacedae- monium, quem Cretensem accepimus? Quarum civitatum severissima disciplina et severissimae leges traduntur. Ne Macedonum quidem ac Persarum aut ullius gentis, quae certo imperio contenta fuerit, eloquentiam novimus. Rhodii quidam, plurimi Athenienses oratores extiterunt, apud quos omnia populus, omnia imperiti, omnia, ut sic dixerim, omnes poterant. Nostra quoque civitas, donec erravit, donec se partibus et dissensionibus et discordiis confecit, donec nulla fuit in foro pax, nulla in senatu concordia, nulla in iudiciis moderatio, nulla superiorum reverentia, nullus magistratuum modus, tulit sine dubio valentiorem eloquentiam, sicut indomitus ager habet quasdam herbas laetiores. Sed nec tanti rei publicae Gracchorum eloquentia fuit, ut pateretur et leges, nec bene famam eloquentiae Cicero tali exitu pensavit.

[41]

Sic quoque quod superest [antiquis oratoribus fori] non emendatae nec usque ad votum compositae civitatis argumentum est. Quis enim nos advocat nisi aut nocens aut miser? Quod municipium in clientelam nostram venit, nisi quod aut vicinus populus aut domestica discordia agitat? Quam provinciam tuemur nisi spoliatam vexatamque?

Atqui melius fuisset non queri quam vindicari. Quod si inveniretur aliqua civitas, in qua nemo peccaret, supervacuus esset inter innocentis orator sicut inter sanos medicus. Quo modo tamen minimum usus minimumque profectus ars medentis habet in iis gentibus, quae firmissima valetudine ac saluberrimis corporibus utuntur, sic minor oratorum honor obscuriorque gloria est inter bonos mores et in obsequium regentis paratos. Quid enim opus est longis in senatu sententiis, cum optimi cito consentiant? Quid multis apud populum contionibus, cum de re publica non imperiti et multi deliberent, sed sapientissimus et unus? Quid voluntariis accusationibus, cum tam raro et tam parce peccetur? Quid invidiosis et excedentibus modum defensionibus, cum clementia cognoscentis obviam periclitantibus eat? credite, optimi et in quantum opus est disertissimi viri, si aut vos prioribus saeculis aut illi, quos miramur, his nati essent, ac deus aliquis vitas ac [vestra] tempora repente mutasset, nec vobis summa illa laus et gloria in eloquentia neque illis modus et temperamentum defuisset: nunc, quoniam nemo eodem tempore adsequi potest magnam famam et magnam quietem, bono saeculi sui quisque citra obtrectationem alterius utatur."

[42]

Finierat Maternus, cum Messalla: "erant quibus contra dicerem, erant de quibus plura dici vellem, nisi iam dies esset exactus." "Fiet" inquit Maternus "postea arbitratu tuo, et si qua tibi obscura in hoc meo sermone visa sunt, de iis rursus conferemus." ac simul adsurgens et Aprum complexus "Ego" inquit "te poetis, Messalla autem antiquariis criminabimur." "At ego vos rhetoribus et scholasticis" inquit. Cum adrisissent, discessimus.

GERMANIA

[1]

Germania omnis a Gallis Raetisque et Pannoniis Rheno et Danuvio fluminibus, a Sarmatis Dacisque mutuo metu aut montibus separatur: cetera Oceanus ambit, latos sinus et insularum inmensa spatia complectens, nuper cognitis quibusdam gentibus ac regibus, quos bellum aperuit. Rhenus, Raeticarum Alpium inaccesso ac praecipiti vertice ortus, modico flexu in occidentem versus septentrionali Oceano miscetur. Danuvius molli et clementer edito montis Abnobae iugo effusus pluris populos adit, donec in Ponticum mare sex meatibus erumpat: septimum os paludibus hauritur.

[2]

Ipsos Germanos indigenas crediderim minimeque aliarum gentium adventibus et hospitiis mixtos, quia nec terra olim, sed classibus advehebantur qui mutare sedes quaerebant, et inmensus ultra utque sic dixerim adversus Oceanus raris ab orbe nostro navibus aditur. Quis porro, praeter periculum horridi et ignoti maris, Asia aut Africa aut Italia relicta Germaniam peteret, informem terris, asperam caelo, tristem cultu adspectuque, nisi si patria sit?

Celebrant carminibus antiquis, quod unum apud illos memoriae et annalium genus est, Tuistonem deum terra editum. Ei filium Mannum, originem gentis conditoremque, Manno tris filios adsignant, e quorum nominibus proximi Oceano Ingaevones, medii Herminones, ceteri Istaevones vocentur. Quidam, ut in licentia vetustatis, pluris deo ortos plurisque gentis appellationes, Marsos Gambrivios Suebos Vandilios adfirmant, eaque vera et antiqua nomina. Ceterum Germaniae vocabulum recens et nuper additum, quoniam qui primi Rhenum transgressi Gallos expulerint ac nunc Tungri, tunc Germani vocati sint: ita nationis nomen, non gentis evaluisse paulatim, ut omnes primum a victore ob metum, mox etiam a se ipsis, invento nomine Germani vocarentur.

[3]

Fuisse apud eos et Herculem memorant, primumque omnium virorum fortium ituri in proelia canunt. Sunt illis haec quoque carmina, quorum relatu, quem barditum vocant, accendunt animos futuraeque pugnae fortunam ipso cantu augurantur. Terrent enim trepidantve, prout sonuit acies, nec tam vocis ille quam virtutis concentus videtur. Adfectatur praecipue asperitas soni et fractum murmur, obiectis ad os scutis, quo plenior et gravior vox repercussu intumescat. Ceterum et Ulixen quidam opinantur longo illo et fabuloso errore in hunc Oceanum delatum adisse Germaniae terras, Asciburgiumque, quod in ripa Rheni situm hodieque incolitur, ab illo constitutum nominatumque; aram quin etiam Ulixi consecratam, adiecto Laertae patris nomine, eodem loco olim repertam, monumentaque et tumulos quosdam Graecis litteris inscriptos in confinio Germaniae Raetiaeque adhuc exstare. Quae neque confirmare argumentis neque refellere in animo est: ex ingenio suo quisque demat vel addat fidem.

[4]

Ipse eorum opinionibus accedo, qui Germaniae populos nullis aliis aliarum nationum conubiis infectos propriam et sinceram et tantum sui similem gentem exstitisse arbitrantur. Unde habitus quoque corporum, tamquam in tanto hominum numero, idem omnibus: truces et caerulei oculi, rutilae comae, magna corpora et tantum ad impetum valida: laboris atque operum non eadem patientia, minimeque sitim aestumque tolerare, frigora atque inediam caelo solove adsueverunt.

[5]

Terra etsi aliquanto specie differt, in universum tamen aut silvis horrida aut paludibus foeda, umidior qua Gallias, ventosior qua Noricum ac

Pannoniam adspicit; satis ferax, frugiferarum arborum inpatiens, pecorum fecunda, sed plerumque improcera. Ne armentis quidem suus honor aut gloria frontis: numero gaudent, eaeque solae et gratissimae opes sunt. Argentum et aurum propitiine an irati di negaverint dubito. Nec tamen adfirmaverim nullam Germaniae venam argentum aurumve gignere: quis enim scrutatus est? Possessione et usu haud perinde adficiuntur. Est videre apud illos argentea vasa, legatis et principibus eorum muneri data, non in alia vilitate quam quae humo finguntur; quamquam proximi ob usum commerciorum aurum et argentum in pretio habent formasque quasdam nostrae pecuniae adgnoscunt atque eligunt. Interiores simplicius et antiquius permutatione mercium utuntur. Pecuniam probant veterem et diu notam, serratos bigatosque. Argentum quoque magis quam aurum sequuntur, nulla adfectione animi, sed quia numerus argenteorum facilior usui est promiscua ac vilia mercantibus.

[6]

Ne ferrum quidem superest, sicut ex genere telorum colligitur. Rari gladiis aut maioribus lanceis utuntur: hastas vel ipsorum vocabulo frameas gerunt angusto et brevi ferro, sed ita acri et ad usum habili, ut eodem telo, prout ratio poscit, vel comminus vel eminus pugnent. Et eques quidem scuto frameaque contentus est; pedites et missilia spargunt, pluraque singuli, atque in inmensum vibrant, nudi aut sagulo leves. Nulla cultus iactatio; scuta tantum lectissimis coloribus distinguunt. Paucis loricae, vix uni alterive cassis aut galea. Equi non forma, non velocitate conspicui. Sed nec variare gyros in morem nostrum docentur: in rectum aut uno flexu dextros agunt, ita coniuncto orbe, ut nemo posterior sit. In universum aestimanti plus penes peditem roboris; eoque mixti proeliantur, apta et congruente ad equestrem pugnam velocitate peditum, quos ex omni iuventute delectos ante aciem locant. Definitur et numerus; centeni ex singulis pagis sunt, idque ipsum inter suos vocantur, et quod primo numerus fuit, iam nomen et honor est. Acies per cuneos componitur. Cedere loco, dummodo rursus instes, consilii quam formidinis arbitrantur. Corpora suorum etiam in dubiis proeliis referunt. Scutum reliquisse praecipuum flagitium, nec aut sacris adesse aut concilium inire ignominioso fas; multique superstites bellorum infamiam laqueo finierunt.

[7]

Reges ex nobilitate, duces ex virtute sumunt. Nec regibus infinita aut libera potestas, et duces exemplo potius quam imperio, si prompti, si conspicui, si ante aciem agant, admiratione praesunt. Ceterum neque animadvertere neque vincire, ne verberare quidem nisi sacerdotibus permissum, non quasi in poenam nec ducis iussu, sed velut deo imperante, quem adesse bellantibus credunt. Effigiesque et signa quaedam detracta lucis in proelium ferunt; quodque praecipuum fortitudinis incitamentum est, non casus, nec fortuita conglobatio turmam aut cuneum facit, sed familiae et propinquitates; et in proximo pignora, unde feminarum ululatus audiri, unde vagitus infantium. Hi cuique sanctissimi testes, hi maximi laudatores. Ad matres, ad coniuges vulnera ferunt; nec illae numerare aut exigere plagas pavent, cibosque et hortamina pugnantibus gestant.

[8]

Memoriae proditur quasdam acies inclinatas iam et labantes a feminis restitutas constantia precum et obiectu pectorum et monstrata comminus captivitate, quam longe inpatientius feminarum suarum nomine timent, adeo ut efficacius obligentur animi civitatum, quibus inter obsides puellae quoque nobiles imperantur. Inesse quin etiam sanctum aliquid et providum putant, nec aut consilia earum aspernantur aut responsa neglegunt. Vidimus sub divo Vespasiano Veledam diu apud plerosque numinis loco habitam; sed et olim Albrunam et compluris alias venerati sunt, non adulatione nec tamquam facerent deas.

[9]

Deorum maxime Mercurium colunt, cui certis diebus humanis quoque hostiis litare fas habent. Herculem et Martem concessis animalibus placant. Pars

Sueborum et Isidi sacrificat: unde causa et origo peregrino sacro, parum comperi, nisi quod signum ipsum in modum liburnae figuratum docet advectam religionem. Ceterum nec cohibere parietibus deos neque in ullam humani oris speciem adsimulare ex magnitudine caelestium arbitrantur: lucos ac nemora consecrant deorumque nominibus appellant secretum illud, quod sola reverentia vident.

[10]

Auspicia sortesque ut qui maxime observant: sortium consuetudo simplex. Virgam frugiferae arbori decisam in surculos amputant eosque notis quibusdam discretos super candidam vestem temere ac fortuito spargunt. Mox, si publice consultetur, sacerdos civitatis, sin privatim, ipse pater familiae, precatus deos caelumque suspiciens ter singulos tollit, sublatos secundum impressam ante notam interpretatur. Si prohibuerunt, nulla de eadem re in eundem diem consultatio; sin permissum, auspiciorum adhuc fides exigitur. Et illud quidem etiam hic notum, avium voces volatusque interrogare; proprium gentis equorum quoque praesagia ac monitus experiri. Publice aluntur isdem nemoribus ac lucis, candidi et nullo mortali opere contacti; quos pressos sacro curru sacerdos ac rex vel princeps civitatis comitantur hinnitusque ac fremitus observant. Nec ulli auspicio maior fides, non solum apud plebem, sed apud proceres, apud sacerdotes; se enim ministros deorum, illos conscios putant. Est et alia observatio auspiciorum, qua gravium bellorum eventus explorant. Eius gentis, cum qua bellum est, captivum quoquo modo interceptum cum electo popularium suorum, patriis quemque armis, committunt: victoria huius vel illius pro praeiudicio accipitur.

[11]

De minoribus rebus principes consultant; de maioribus omnes, ita tamen, ut ea quoque, quorum penes plebem arbitrium est, apud principes pertractentur. Coeunt, nisi quid fortuitum et subitum incidit, certis diebus, cum aut incohatur luna aut impletur; nam agendis rebus hoc auspicatissimum initium credunt. Nec dierum numerum, ut nos, sed noctium computant. Sic constituunt, sic condicunt: nox ducere diem videtur. Illud ex libertate vitium, quod non simul nec ut iussi conveniunt, sed et alter et tertius dies cunctatione coeuntium absumitur. Ut turbae placuit, considunt armati. Silentium per sacerdotes, quibus tum et coercendi ius est, imperatur. Mox rex vel princeps, prout aetas cuique, prout nobilitas, prout decus bellorum, prout facundia est, audiuntur, auctoritate suadendi magis quam iubendi potestate. Si displicuit sententia, fremitu aspernantur; sin placuit, frameas concutiunt. Honoratissimum adsensus genus est armis laudare.

[12]

Licet apud concilium accusare quoque et discrimen capitis intendere. Distinctio poenarum ex delicto. Proditores et transfugas arboribus suspendunt, ignavos et imbelles et corpore infames caeno ac palude, iniecta insuper crate, mergunt. Diversitas supplicii illuc respicit, tamquam scelera ostendi oporteat, dum puniuntur, flagitia abscondi. Sed et levioribus delictis pro modo poena: equorum pecorumque numero convicti multantur. Pars multae regi vel civitati, pars ipsi, qui vindicatur, vel propinquis eius exsolvitur. Eliguntur in isdem conciliis et principes, qui iura per pagos vicosque reddunt; centeni singulis ex plebe comites consilium simul et auctoritas adsunt.

[13]

Nihil autem neque publicae neque privatae rei nisi armati agunt. Sed arma sumere non ante cuiquam moris, quam civitas suffecturum probaverit. Tum in ipso concilio vel principum aliquis vel pater vel propinqui scuto frameaque iuvenem ornant: haec apud illos toga, hic primus iuventae honos; ante hoc domus pars videntur, mox rei publicae. Insignis nobilitas aut magna patrum merita principis dignationem etiam adulescentulis adsignant: ceteris robustioribus ac iam pridem probatis adgregantur, nec rubor inter comites adspici. Gradus quin etiam ipse comitatus habet, iudicio eius quem sectantur;

magnaque et comitum aemulatio, quibus primus apud principem suum locus, et principum, cui plurimi et acerrimi comites. Haec dignitas, hae vires, magno semper et electorum iuvenum globo circumdari, in pace decus, in bello praesidium. Nec solum in sua gente cuique, sed apud finitimas quoque civitates id nomen, ea gloria est, si numero ac virtute comitatus emineat; expetuntur enim legationibus et muneribus ornantur et ipsa plerumque fama bella profligant.

[14]

Cum ventum in aciem, turpe principi virtute vinci, turpe comitatui virtutem principis non adaequare. Iam vero infame in omnem vitam ac probrosum superstitem principi suo ex acie recessisse. Illum defendere, tueri, sua quoque fortia facta gloriae eius adsignare praecipuum sacramentum est. Principes pro victoria pugnant, comites pro principe. Si civitas, in qua orti sunt, longa pace et otio torpeat, plerique nobilium adulescentium petunt ultro eas nationes, quae tum bellum aliquod gerunt, quia et ingrata genti quies et facilius inter ancipitia clarescunt magnumque comitatum non nisi vi belloque tueare; exigunt enim principis sui liberalitate illum bellatorem equum, illam cruentam victricemque frameam. Nam epulae et quamquam incompti, largi tamen apparatus pro stipendio cedunt. Materia munificentiae per bella et raptus. Nec arare terram aut exspectare annum tam facile persuaseris quam vocare hostem et vulnera mereri. Pigrum quin immo et iners videtur sudore adquirere quod possis sanguine parare.

[15]

Quotiens bella non ineunt, non multum venatibus, plus per otium transigunt, dediti somno ciboque, fortissimus quisque ac bellicosissimus nihil agens, delegata domus et penatium et agrorum cura feminis senibusque et infirmissimo cuique ex familia; ipsi hebent, mira diversitate naturae, cum idem homines sic ament inertiam et oderint quietem. Mos est civitatibus ultro ac viritim conferre principibus vel armentorum vel frugum, quod pro honore acceptum etiam necessitatibus subvenit. Gaudent praecipue finitimarum gentium donis, quae non modo a singulis, sed et publice mittuntur, electi equi, magna arma, phalerae torquesque; iam et pecuniam accipere docuimus.

[16]

Nullas Germanorum populis urbes habitari satis notum est, ne pati quidem inter se iunctas sedes. Colunt discreti ac diversi, ut fons, ut campus, ut nemus placuit. Vicos locant non in nostrum morem conexis et cohaerentibus aedificiis: suam quisque domum spatio circumdat, sive adversus casus ignis remedium sive inscitia aedificandi. Ne caementorum quidem apud illos aut tegularum usus: materia ad omnia utuntur informi et citra speciem aut delectationem. Quaedam loca diligentius inlinunt terra ita pura ac splendente, ut picturam ac lineamenta colorum imitetur. Solent et subterraneos specus aperire eosque multo insuper fimo onerant, suffugium hiemis et receptaculum frugibus, quia rigorem frigorum eius modi loci molliunt, et si quando hostis advenit, aperta populatur, abdita autem et defossa aut ignorantur aut eo ipso fallunt, quod quaerenda sunt.

[17]

Tegumen omnibus sagum fibula aut, si desit, spina consertum: cetera intecti totos dies iuxta focum atque ignem agunt. Locupletissimi veste distinguuntur, non fluitante, sicut Sarmatae ac Parthi, sed stricta et singulos artus exprimente. Gerunt et ferarum pelles, proximi ripae neglegenter, ulteriores exquisitius, ut quibus nullus per commercia cultus. Eligunt feras et detracta velamina spargunt maculis pellibusque beluarum, quas exterior Oceanus atque ignotum mare gignit. Nec alius feminis quam viris habitus, nisi quod feminae saepius lineis amictibus velantur eosque purpura variant, partemque vestitus superioris in manicas non extendunt, nudae brachia ac lacertos; sed et proxima pars pectoris patet.

[18]

Quamquam severa illic matrimonia, nec ullam morum partem magis laudaveris. Nam prope soli barbarorum singulis uxoribus contenti sunt, exceptis admodum paucis, qui non libidine, sed ob nobilitatem plurimis nuptiis ambiuntur. Dotem non uxor marito, sed uxori maritus offert. Intersunt parentes et propinqui ac munera probant, munera non ad delicias muliebres quaesita nec quibus nova nupta comatur, sed boves et frenatum equum et scutum cum framea gladioque. In haec munera uxor accipitur, atque in vicem ipsa armorum aliquid viro adfert: hoc maximum vinculum, haec arcana sacra, hos coniugales deos arbitrantur. Ne se mulier extra virtutum cogitationes extraque bellorum casus putet, ipsis incipientis matrimonii auspiciis admonetur venire se laborum periculorumque sociam, idem in pace, idem in proelio passuram ausuramque. Hoc iuncti boves, hoc paratus equus, hoc data arma denuntiant. Sic vivendum, sic pereundum: accipere se, quae liberis inviolata ac digna reddat, quae nurus accipiant, rursusque ad nepotes referantur.

[19]

Ergo saepta pudicitia agunt, nullis spectaculorum inlecebris, nullis conviviorum inritationibus corruptae. Litterarum secreta viri pariter ac feminae ignorant. Paucissima in tam numerosa gente adulteria, quorum poena praesens et maritis permissa: abscisis crinibus nudatam coram propinquis expellit domo maritus ac per omnem vicum verbere agit; publicatae enim pudicitiae nulla venia: non forma, non aetate, non opibus maritum invenerit. Nemo enim illic vitia ridet, nec corrumpere et corrumpi saeculum vocatur. Melius quidem adhuc eae civitates, in quibus tantum virgines nubunt et cum spe votoque uxoris semel transigitur. Sic unum accipiunt maritum quo modo unum corpus unamque vitam, ne ulla cogitatio ultra, ne longior cupiditas, ne tamquam maritum, sed tamquam matrimonium ament. Numerum liberorum finire aut quemquam ex adgnatis necare flagitium habetur, plusque ibi boni mores valent quam alibi bonae leges.

[20]

In omni domo nudi ac sordidi in hos artus, in haec corpora, quae miramur, excrescunt. Sua quemque mater uberibus alit, nec ancillis ac nutricibus delegantur. Dominum ac servum nullis educationis deliciis dignoscas: inter eadem pecora, in eadem humo degunt, donec aetas separet ingenuos, virtus adgnoscat. Sera iuvenum venus, eoque inexhausta pubertas. Nec virgines festinantur; eadem iuventa, similis proceritas: pares validaeque miscentur, ac robora parentum liberi referunt. Sororum filiis idem apud avunculum qui ad patrem honor. Quidam sanctiorem artioremque hunc nexum sanguinis arbitrantur et in accipiendis obsidibus magis exigunt, tamquam et animum firmius et domum latius teneant. Heredes tamen successoresque sui cuique liberi, et nullum testamentum. Si liberi non sunt, proximus gradus in possessione fratres, patrui, avunculi. Quanto plus propinquorum, quanto maior adfinium numerus, tanto gratiosior senectus; nec ulla orbitatis pretia.

[21]

Suscipere tam inimicitias seu patris seu propinqui quam amicitias necesse est; nec implacabiles durant: luitur enim etiam homicidium certo armentorum ac pecorum numero recipitque satisfactionem universa domus, utiliter in publicum, quia periculosiores sunt inimicitiae iuxta libertatem.

Convictibus et hospitiis non alia gens effusius indulget. Quemcumque mortalium arcere tecto nefas habetur; pro fortuna quisque apparatis epulis excipit. Cum defecere, qui modo hospes fuerat, monstrator hospitii et comes; proximam domum non invitati adeunt. Nec interest: pari humanitate accipiuntur. Notum ignotumque quantum ad ius hospitis nemo discernit. Abeunti, si quid poposcerit, concedere moris; et poscendi in vicem eadem facilitas. Gaudent muneribus, sed nec data imputant nec acceptis obligantur: victus inter hospites comis.

[22]

Statim e somno, quem plerumque in diem extrahunt, lavantur, saepius calida, ut apud quos plurimum hiems occupat. Lauti cibum capiunt: separatae singulis sedes et sua cuique mensa. Tum ad negotia nec minus saepe ad convivia procedunt armati. Diem noctemque continuare potando nulli probrum. Crebrae, ut inter vinolentos, rixae raro conviciis, saepius caede et vulneribus transiguntur. Sed et de reconciliandis in vicem inimicis et iungendis adfinitatibus et adsciscendis principibus, de pace denique ac bello plerumque in conviviis consultant, tamquam nullo magis tempore aut ad simplices cogitationes pateat animus aut ad magnas incalescat. Gens non astuta nec callida aperit adhuc secreta pectoris licentia ioci; ergo detecta et nuda omnium mens. Postera die retractatur, et salva utriusque temporis ratio est: deliberant, dum fingere nesciunt, constituunt, dum errare non possunt.

[23]

Potui umor ex hordeo aut frumento, in quandam similitudinem vini corruptus: proximi ripae et vinum mercantur. Cibi simplices, agrestia poma, recens fera aut lac concretum: sine apparatu, sine blandimentis expellunt famem. Adversus sitim non eadem temperantia. Si indulseris ebrietati suggerendo quantum concupiscunt, haud minus facile vitiis quam armis vincentur.

[24]

Genus spectaculorum unum atque in omni coetu idem. Nudi iuvenes, quibus id ludicrum est, inter gladios se atque infestas frameas saltu iaciunt. Exercitatio artem paravit, ars decorem, non in quaestum tamen aut mercedem: quamvis audacis lasciviae pretium est voluptas spectantium. Aleam, quod mirere, sobrii inter seria exercent, tanta lucrandi perdendive temeritate, ut, cum omnia defecerunt, extremo ac novissimo iactu de libertate ac de corpore contendant. Victus voluntariam servitutem adit: quamvis iuvenior, quamvis robustior adligari se ac venire patitur. Ea est in re prava pervicacia; ipsi fidem vocant. Servos condicionis huius per commercia tradunt, ut se quoque pudore victoriae exsolvant.

[25]

Ceteris servis non in nostrum morem, descriptis per familiam ministeriis, utuntur: suam quisque sedem, suos penates regit. Frumenti modum dominus aut pecoris aut vestis ut colono iniungit, et servus hactenus paret: cetera domus officia uxor ac liberi exsequuntur. Verberare servum ac vinculis et opere coercere rarum: occidere solent, non disciplina et severitate, sed impetu et ira, ut inimicum, nisi quod impune est. Liberti non multum supra servos sunt, raro aliquod momentum in domo, numquam in civitate, exceptis dumtaxat iis gentibus quae regnantur. Ibi enim et super ingenuos et super nobiles ascendunt: apud ceteros impares libertini libertatis argumentum sunt.

[26]

Faenus agitare et in usuras extendere ignotum; ideoque magis servatur quam si vetitum esset. Agri pro numero cultorum ab universis in vices occupantur, quos mox inter se secundum dignationem partiuntur; facilitatem partiendi camporum spatia praestant. Arva per annos mutant, et superest ager. Nec enim cum ubertate et amplitudine soli labore contendunt, ut pomaria conserant et prata separent et hortos rigent: sola terrae seges imperatur. Unde annum quoque ipsum non in totidem digerunt species: hiems et ver et aestas intellectum ac vocabula habent, autumni perinde nomen ac bona ignorantur.

[27]

Funerum nulla ambitio: id solum observatur, ut corpora clarorum virorum certis lignis crementur. Struem rogi nec vestibus nec odoribus cumulant: sua cuique arma, quorundam igni et equus adicitur. Sepulcrum caespes erigit: monumentorum arduum et operosum honorem ut gravem defunctis aspernantur. Lamenta ac lacrimas cito, dolorem et tristitiam tarde ponunt. Feminis lugere honestum est, viris meminisse.

Haec in commune de omnium Germanorum origine ac moribus accepimus: nunc singularum gentium instituta ritusque, quatenus differant, quae nationes e Germania in Gallias commigraverint, expediam.

[28]

Validiores olim Gallorum res fuisse summus auctorum divus Iulius tradit; eoque credibile est etiam Gallos in Germaniam transgressos: quantulum enim amnis obstabat quo minus, ut quaeque gens evaluerat, occuparet permutaretque sedes promiscuas adhuc et nulla regnorum potentia divisas? Igitur inter Hercyniam silvam Rhenumque et Moenum amnes Helvetii, ulteriora Boii, Gallica utraque gens, tenuere. Manet adhuc Boihaemi nomen significatque loci veterem memoriam quamvis mutatis cultoribus. Sed utrum Aravisci in Pannoniam ab Osis, Germanorum natione, an Osi ab Araviscis in Germaniam commigraverint, cum eodem adhuc sermone institutis moribus utantur, incertum est, quia pari olim inopia ac libertate eadem utriusque ripae bona malaque erant. Treveri et Nervii circa adfectationem Germanicae originis ultro ambitiosi sunt, tamquam per hanc gloriam sanguinis a similitudine et inertia Gallorum separentur. Ipsam Rheni ripam haud dubie Germanorum populi colunt, Vangiones, Triboci, Nemetes. Ne Ubii quidem, quamquam Romana colonia esse meruerint ac libentius Agrippinenses conditoris sui nomine vocentur, origine erubescunt, transgressi olim et experimento fidei super ipsam Rheni ripam conlocati, ut arcerent, non ut custodirentur.

[29]

Omnium harum gentium virtute praecipui Batavi non multum ex ripa, sed insulam Rheni amnis colunt, Chattorum quondam populus et seditione domestica in eas sedes transgressus, in quibus pars Romani imperii fierent. Manet honos et antiquae societatis insigne; nam nec tributis contemnuntur nec publicanus atterit; exempti oneribus et conlationibus et tantum in usum proeliorum sepositi, velut tela atque arma, bellis reservantur. Est in eodem obsequio et Mattiacorum gens; protulit enim magnitudo populi Romani ultra Rhenum ultraque veteres terminos imperii reverentiam. Ita sede finibusque in sua ripa, mente animoque nobiscum agunt, cetera similes Batavis, nisi quod ipso adhuc terrae suae solo et caelo acrius animantur.

Non numeraverim inter Germaniae populos, quamquam trans Rhenum Danuviumque consederint, eos qui decumates agros exercent. Levissimus quisque Gallorum et inopia audax dubiae possessionis solum occupavere; mox limite acto promotisque praesidiis sinus imperii et pars provinciae habentur.

[30]

Ultra hos Chatti initium sedis ab Hercynio saltu incohant, non ita effusis ac palustribus locis, ut ceterae civitates, in quas Germania patescit; durant siquidem colles, paulatim rarescunt, et Chattos suos saltus Hercynius prosequitur simul atque deponit. Duriora genti corpora, stricti artus, minax vultus et maior animi vigor. Multum, ut inter Germanos, rationis ac sollertiae: praeponere electos, audire praepositos, nosse ordines, intellegere occasiones, differre impetus, disponere diem, vallare noctem, fortunam inter dubia, virtutem inter certa numerare, quodque rarissimum nec nisi ratione disciplinae concessum, plus reponere in duce quam in exercitu. Omne robur in pedite, quem super arma ferramentis quoque et copiis onerant: alios ad proelium ire videas, Chattos ad bellum. Rari excursus et fortuita pugna. Equestrium sane virium id proprium, cito parare victoriam, cito cedere: velocitas iuxta formidinem, cunctatio propior constantiae est.

[31]

Et aliis Germanorum populis usurpatum raro et privata cuiusque audentia apud Chattos in consensum vertit, ut primum adoleverint, crinem barbamque submittere, nec nisi hoste caeso exuere votivum obligatumque virtuti oris habitum. Super sanguinem et spolia revelant frontem, seque tum demum pretia nascendi rettulisse dignosque patria ac parentibus ferunt: ignavis et imbellibus manet squalor. Fortissimus quisque ferreum insuper anulum (ignominiosum id genti) velut vinculum gestat, donec se caede hostis absolvat. Plurimis Chattorum hic placet habitus, iamque canent insignes et hostibus simul suisque monstrati. Omnium penes hos initia pugnarum; haec prima semper acies, visu nova; nam ne in pace quidem vultu mitiore mansuescunt. Nulli domus aut ager aut aliqua cura: prout ad quemque venere, aluntur, prodigi alieni, contemptores sui, donec exsanguis senectus tam durae virtuti impares faciat.

[32]

Proximi Chattis certum iam alveo Rhenum, quique terminus esse sufficiat, Usipi ac Tencteri colunt. Tencteri super solitum bellorum decus equestris disciplinae arte praecellunt; nec maior apud Chattos peditum laus quam Tencteris equitum. Sic instituere maiores; posteri imitantur. Hi lusus infantium, haec iuvenum aemulatio: perseverant senes. Inter familiam et penates et iura successionum equi traduntur: excipit filius, non ut cetera, maximus natu, sed prout ferox bello et melior.

[33]

Iuxta Tencteros Bructeri olim occurrebant: nunc Chamavos et Angrivarios inmigrasse narratur, pulsis Bructeris ac penitus excisis vicinarum consensu nationum, seu superbiae odio seu praedae dulcedine seu favore quodam erga nos deorum; nam ne spectaculo quidem proelii invidere. Super sexaginta milia non armis telisque Romanis, sed, quod magnificentius est, oblectationi oculisque ceciderunt. Maneat, quaeso, duretque gentibus, si non amor nostri, at certe odium sui, quando urgentibus imperii fatis nihil iam praestare fortuna maius potest quam hostium discordiam.

[34]

Angrivarios et Chamavos a tergo Dulgubnii et Chasuarii cludunt, aliaeque gentes haud perinde memoratae, a fronte Frisii excipiunt. Maioribus minoribusque Frisiis vocabulum est ex modo virium. Utraeque nationes usque ad Oceanum Rheno praetexuntur, ambiuntque inmensos insuper lacus et Romanis classibus navigatos. Ipsum quin etiam Oceanum illa temptavimus: et superesse adhuc Herculis columnas fama vulgavit, sive adiit Hercules, seu quidquid ubique magnificum est, in claritatem eius referre consensimus. Nec defuit audentia Druso Germanico, sed obstitit Oceanus in se simul atque in Herculem inquiri. Mox nemo temptavit, sanctiusque ac reverentius visum de actis deorum credere quam scire.

[35]

Hactenus in occidentem Germaniam novimus; in septentrionem ingenti flexu redit. Ac primo statim Chaucorum gens, quamquam incipiat a Frisiis ac partem litoris occupet, omnium quas exposui gentium lateribus obtenditur, donec in Chattos usque sinuetur. Tam inmensum terrarum spatium non tenent tantum Chauci, sed et implent, populus inter Germanos nobilissimus, quique magnitudinem suam malit iustitia tueri. Sine cupiditate, sine impotentia, quieti secretique nulla provocant bella, nullis raptibus aut latrociniis populantur. Id praecipuum virtutis ac virium argumentum est, quod, ut superiores agant, non per iniurias adsequuntur; prompta tamen omnibus arma ac, si res poscat, exercitus, plurimum virorum equorumque; et quiescentibus eadem fama.

[36]

In latere Chaucorum Chattorumque Cherusci nimiam ac marcentem diu pacem inlacessiti nutrierunt: idque iucundius quam tutius fuit, quia inter impotentes et validos falso quiescas: ubi manu agitur, modestia ac probitas nomina superioris sunt. Ita qui olim boni aequique Cherusci, nunc inertes ac stulti vocantur: Chattis victoribus fortuna in sapientiam cessit. Tracti ruina Cheruscorum et Fosi, contermina gens. Adversarum rerum ex aequo socii sunt, cum in secundis minores fuissent.

[37]

Eundem Germaniae sinum proximi Oceano Cimbri tenent, parva nunc civitas, sed gloria ingens. Veterisque famae lata vestigia manent, utraque ripa castra ac spatia, quorum ambitu nunc quoque metiaris molem manusque gentis et tam magni exitus fidem. Sescentesimum et quadragesimum annum urbs nostra agebat, cum primum Cimbrorum audita sunt arma, Caecilio Metello et Papirio Carbone consulibus. Ex quo si ad alterum imperatoris Traiani consulatum computemus, ducenti ferme et decem anni colliguntur: tam diu Germania vincitur. Medio tam longi aevi spatio multa in vicem damna. Non Samnis, non Poeni, non Hispaniae Galliaeve, ne Parthi quidem saepius admonuere: quippe regno Arsacis acrior est Germanorum libertas. Quid enim aliud nobis quam caedem Crassi, amisso et ipse Pacoro, infra Ventidium deiectus Oriens obiecerit? At Germani Carbone et Cassio et Scauro Aurelio et Servilio Caepione Gnaeoque Mallio fusis vel captis quinque simul consularis exercitus populo Romano, Varum trisque cum eo legiones etiam Caesari abstulerunt; nec impune C. Marius in Italia, divus Iulius in Gallia, Drusus ac Nero et Germanicus in suis eos sedibus perculerunt. Mox ingentes Gai Caesaris minae in ludibrium versae. Inde otium, donec occasione discordiae nostrae et civilium armorum expugnatis legionum hibernis etiam Gallias adfectavere; ac rursus inde pulsi proximis temporibus triumphati magis quam victi sunt.

[38]

Nunc de Suebis dicendum est, quorum non una, ut Chattorum Tencterorumve, gens; maiorem enim Germaniae partem obtinent, propriis adhuc nationibus nominibusque discreti, quamquam in commune Suebi vocentur. Insigne gentis obliquare crinem nodoque substringere: sic Suebi a ceteris Germanis, sic Sueborum ingenui a servis separantur. In aliis gentibus seu cognatione aliqua Sueborum seu, quod saepe accidit, imitatione, rarum et intra iuventae spatium; apud Suebos usque ad canitiem horrentem capillum retro sequuntur. Ac saepe in ipso vertice religatur; principes et ornatiorem habent. Ea cura formae, sed innoxia; neque enim ut ament amenturve, in altitudinem quandam et terrorem adituri bella compti, ut hostium oculis, armantur.

[39]

Vetustissimos se nobilissimosque Sueborum Semnones memorant; fides antiquitatis religione firmatur. Stato tempore in silvam auguriis patrum et prisca formidine sacram omnes eiusdem sanguinis populi legationibus coeunt caesoque publice homine celebrant barbari ritus horrenda primordia. Est et alia luco reverentia: nemo nisi vinculo ligatus ingreditur, ut minor et potestatem numinis prae se ferens. Si forte prolapsus est, attolli et insurgere haud licitum: per humum evolvuntur. Eoque omnis superstitio respicit, tamquam inde initia gentis, ibi regnator omnium deus, cetera subiecta atque parentia. Adicit auctoritatem fortuna Semnonum: centum pagi iis habitantur magnoque corpore efficitur ut se Sueborum caput credant.

[40]

Contra Langobardos paucitas nobilitat: plurimis ac valentissimis nationibus cincti non per obsequium, sed proeliis ac periclitando tuti sunt. Reudigni deinde et Aviones et Anglii et Varini et Eudoses et Suardones et Nuithones fluminibus aut silvis muniuntur. Nec quicquam notabile in singulis, nisi quod in commune Nerthum, id est Terram matrem, colunt eamque intervenire rebus hominum, invehi populis arbitrantur. Est in insula Oceani castum nemus, dicatumque in eo vehiculum, veste contectum; attingere uni sacerdoti concessum. Is adesse penetrali deam intellegit vectamque bubus feminis multa cum veneratione prosequitur. Laeti tunc dies, festa loca, quaecumque adventu hospitioque dignatur. Non bella ineunt, non arma sumunt; clausum omne ferrum; pax et quies tunc tantum nota, tunc tantum amata, donec idem sacerdos satiatam conversatione mortalium deam templo reddat. Mox vehiculum et vestes et, si credere velis, numen ipsum secreto lacu abluitur. Servi ministrant, quos statim idem lacus haurit. Arcanus hinc terror sanctaque ignorantia, quid sit illud, quod tantum perituri vident.

[41]

Et haec quidem pars Sueborum in secretiora Germaniae porrigitur. Propior, ut, quo modo paulo ante Rhenum, sic nunc Danuvium sequar, Hermundurorum civitas, fida Romanis; eoque solis Germanorum non in ripa commercium, sed penitus atque in splendidissima Raetiae provinciae colonia. Passim et sine custode transeunt; et cum ceteris gentibus arma modo castraque nostra ostendamus, his domos villasque patefecimus non concupiscentibus. In Hermunduris Albis oritur, flumen inclutum et notum olim; nunc tantum auditur.

[42]

Iuxta Hermunduros Naristi ac deinde Marcomani et Quadi agunt. Praecipua Marcomanorum gloria viresque, atque ipsa etiam sedes pulsis olim Boiis virtute parta. Nec Naristi Quadive degenerant. Eaque Germaniae velut frons est, quatenus Danuvio peragitur. Marcomanis Quadisque usque ad nostram memoriam reges mansere ex gente ipsorum, nobile Marobodui et Tudri genus: iam et externos patiuntur, sed vis et potentia regibus ex auctoritate Romana. Raro armis nostris, saepius pecunia iuvantur, nec minus valent.

[43]

Retro Marsigni, Cotini, Osi, Buri terga Marcomanorum Quadorumque claudunt. E quibus Marsigni et Buri sermone cultuque Suebos referunt: Cotinos Gallica, Osos Pannonica lingua coarguit non esse Germanos, et quod tributa patiuntur. Partem tributorum Sarmatae, partem Quadi ut alienigenis imponunt: Cotini, quo magis pudeat, et ferrum effodiunt. Omnesque hi populi pauca campestrium, ceterum saltus et vertices montium iugumque insederunt. Dirimit enim scinditque Suebiam continuum montium iugum, ultra quod plurimae gentes agunt, ex quibus latissime patet Lygiorum nomen in plures civitates diffusum. Valentissimas nominasse sufficiet, Harios, Helveconas, Manimos, Helisios, Nahanarvalos. Apud Nahanarvalos antiquae religionis lucus ostenditur. Praesidet sacerdos muliebri ornatu, sed deos interpretatione Romana Castorem Pollucemque memorant. Ea vis numini, nomen Alcis. Nulla simulacra, nullum peregrinae superstitionis vestigium; ut fratres tamen, ut iuvenes venerantur. Ceterum Harii super vires, quibus enumeratos paulo ante populos antecedunt, truces insitae feritati arte ac tempore lenocinantur: nigra scuta, tincta corpora; atras ad proelia noctes legunt ipsaque formidine atque umbra feralis exercitus terrorem inferunt, nullo hostium sustinente novum ac velut infernum adspectum; nam primi in omnibus proeliis oculi vincuntur.

[44]

Trans Lygios Gotones regnantur, paulo iam adductius quam ceterae Germanorum gentes, nondum tamen supra libertatem. Protinus deinde ab Oceano Rugii et Lemovii; omniumque harum gentium insigne rotunda scuta, breves gladii et erga reges obsequium.

Suionum hinc civitates ipso in Oceano praeter viros armaque classibus valent. Forma navium eo differt, quod utrimque prora paratam semper adpulsui frontem agit. Nec velis ministrantur nec remos in ordinem lateribus adiungunt: solutum, ut in quibusdam fluminum, et mutabile, ut res poscit, hinc vel illinc remigium. Est apud illos et opibus honos, eoque unus imperitat, nullis iam exceptionibus, non precario iure parendi. Nec arma, ut apud ceteros Germanos, in promiscuo, sed clausa sub custode, et quidem servo, quia subitos hostium incursus prohibet Oceanus, otiosae porro armatorum manus facile lasciviunt. Enimvero neque nobilem neque ingenuum, ne libertinum quidem armis praeponere regia utilitas est.

[45]

Trans Suionas aliud mare, pigrum ac prope inmotum, quo cingi cludique terrarum orbem hinc fides, quod extremus cadentis iam solis fulgor in ortus edurat adeo clarus, ut sidera hebetet; sonum insuper emergentis audiri formasque equorum et radios capitis adspici persuasio adicit. Illuc usque (et fama vera) tantum natura. Ergo iam dextro Suebici maris litore Aestiorum gentes adluuntur, quibus ritus habitusque Sueborum, lingua Britannicae propior. Matrem deum venerantur. Insigne superstitionis formas aprorum gestant: id pro armis omniumque tutela securum deae cultorem etiam inter hostis praestat. Rarus ferri, frequens fustium usus. Frumenta ceterosque fructus patientius quam pro solita Germanorum inertia laborant. Sed et mare scrutantur, ac soli omnium sucinum, quod ipsi glesum vocant, inter vada atque in ipso litore legunt. Nec quae natura, quaeve ratio gignat, ut barbaris, quaesitum compertumve; diu quin etiam inter cetera eiectamenta maris iacebat, donec luxuria nostra dedit nomen. Ipsis in nullo usu; rude legitur, informe profertur, pretiumque mirantes accipiunt. Sucum tamen arborum esse intellegas, quia terrena quaedam atque etiam volucria animalia plerumque interlucent, quae implicata umore mox durescente materia cluduntur. Fecundiora igitur nemora lucosque sicut Orientis secretis, ubi tura balsamaque sudantur, ita Occidentis insulis terrisque inesse crediderim, quae vicini solis radiis expressa atque liquentia in proximum mare labuntur ac vi tempestatum in adversa litora exundant. Si naturam sucini admoto igni temptes, in modum taedae accenditur alitque flammam pinguem et olentem; mox ut in picem resinamve lentescit.

Suionibus Sitonum gentes continuantur. Cetera similes uno differunt, quod femina dominatur; in tantum non modo a libertate sed etiam a servitute degenerant.

[46]

Hic Suebiae finis. Peucinorum Venedorumque et Fennorum nationes Germanis an Sarmatis adscribam dubito, quamquam Peucini, quos quidam Bastarnas vocant, sermone, cultu, sede ac domiciliis ut Germani agunt. Sordes omnium ac torpor procerum; conubiis mixtis nonnihil in Sarmatarum habitum foedantur. Venedi multum ex moribus traxerunt; nam quidquid inter Peucinos Fennosque silvarum ac montium erigitur latrociniis pererrant. Hi tamen inter Germanos potius referuntur, quia et domos figunt et scuta gestant et pedum usu ac pernicitate gaudent: quae omnia diversa Sarmatis sunt in plaustro equoque viventibus. Fennis mira feritas, foeda paupertas: non arma, non equi, non penates; victui herba, vestitui pelles, cubile humus: solae in sagittis spes, quas inopia ferri ossibus asperant. Idemque venatus viros pariter ac feminas alit; passim enim comitantur partemque praedae petunt. Nec aliud infantibus ferarum imbriumque suffugium quam ut in aliquo ramorum nexu contegantur: huc redeunt iuvenes, hoc senum receptaculum. Sed beatius arbitrantur quam ingemere agris, inlaborare domibus, suas alienasque fortunas spe metuque versare: securi adversus homines, securi adversus deos rem difficillimam adsecuti sunt, ut illis ne voto quidem opus esset. Cetera iam fabulosa: Hellusios et Oxionas ora hominum voltusque, corpora atque artus ferarum gerere: quod ego ut incompertum in medio relinquam.

Made in the USA
Columbia, SC
18 April 2025

56809794R00079